KB063510

**아무도 나를 위해
태어나지 않는다**

dot. 13   신하루

아무도 나를 위해
태어나지 않는다

아작

toc.

1

믿는 이에게는 모든 것이 가능하다.
— 마르코 복음 9장 23절

검은 머리와 거친 피부. 눈두덩이 아래 슬며시 드
러난 흰자. 굳은 목과 으쓱 올라간 어깨. 물에 젖은
것처럼 무겁게 늘어진 몸통과 사지. 그는 침대에 누
운 메마르고 묵직한 자신을 바라보았다.

드디어 해냈다.

육체의 무게에 어둡게 파인 이불의 주름들. 밀랍
처럼 멈춰버린 얼굴. 턱에 붙은 새끼손톱만 한 지네

모양의 흉터. 더운 여름에도 허물처럼 갈라진 입술. 힘없이 벌어진 입. 그 속은 검었다. 우물처럼 어둑했다.

저것이 나란 말인가.

아는 얼굴이었다. 조금 전까지 저것에 속해 있었다. 그러나 저게 나 자신, 남주오란 말인가. 지금의 자신은 무겁지 않았다. 순수한 영혼으로서 한없이 가벼웠다. 입 구멍이 그를 응시했다. 깊고 새카만 것에 문득 무게감이 느껴졌다. 육체와의 분리감에 사로잡히면 어떻게 되는지 알고 있었다. 반 바퀴를 돌자 천장의 빼곡한 무늬가 펼쳐졌다. 작은 알갱이들이 빈틈없이 달라붙어 있었다. 투명한 손가락을 천장으로 가져가자, 알갱이들이 움직이기 시작했다. 벌레떼가 비행하듯 8자 모양으로 춤을 추던 그것들은 꽃이 피듯 새까맣게 뭉쳤다가 순식간에 흩어졌다. 그리고 다시 무리 지어 천장을 기어 다녔다. 육신으로는 감각할 수 없는 장면이었다. 그는 다른 세상에 있었다. 순정하게 정제된 영혼이 되어 사물의 본래를 인식할 수 있는 감각을 얻은 것이다. 구체의 형태로 모인 알갱이들이 센 불에 튀겨지듯 진동했다. 달아올라 터질 것처럼 서로를 짓이기며 흔들리는 그것

© LEE SU JUNG

들과 그는 공명했다. 떨림은 점점 강해졌다. 알갱이
들의 형태가 뭉개져 갔다. 그도 마찬가지였다.

똑똑.

예기치 못한 소리에 무성의 비명이 울려 퍼졌다.
세상이 수백 개로 쪼개졌다. 그는 순식간에 육체로
빨려 들어갔다. 익사할 뻔한 사람처럼 가쁜 숨을 뱉
었다. 몸속의 내밀한 장기 안에서 알갱이들의 여운
이 느껴졌다. 분홍빛 내벽을 기어 다니는 감각을 육
체로는 감당하기 어려웠다. 목구멍을 열었다. 똑똑.
거친 기침 사이로 다시 들려온 노크 소리에 그는 손
으로 입을 막았다. 똑똑. 똑똑. 이른 새벽 그의 방을
노크할 사람은 유일한 가족인 어머니뿐이었다. 입을
막으니 작은 것들이 온몸으로 퍼져나갔다. 장기들이
가려웠다. 이빨이 근질거렸다. 알갱이들은 미끈거리
는 내장을 지나 눈알까지 정복했다. 발목을 세게 쥐
어 몸을 웅크렸다. 어머니의 목소리가 들렸다. 주오
야. 안 자니. 주오야.

일이 성수기인 계절이라 밤 10시가 되어서야 귀
가한 주오는 2주 남짓 늦은 저녁도 거른 채 매일 이
일에 몰두해왔다. 이에 걱정을 품은 어머니가 새벽

기도를 나가던 와중 무슨 소리라도 들었는지 그의 방문을 두드린 것이다. 그는 다시 터지는 숨을 참기 위해 베개에 얼굴을 묻었다. 아들. 에우세비오. 에우세비오. 그의 세례명 주인인 성인 에우세비오들 중 하나는 은수자(隱修者)인데 큰 낫에 목이 베여 죽었다. 어머니는 말했다. 아니다, 신부님이 지어주신 에우세비오 성인은 훌륭한 교황이셨단다. 그러나 에우세비오라 불릴 때면 주오는 은수자가 떠올랐다. 그가 큰 낫에 베인 머리를 들고 자신의 뒤에 서 있는 착각이 들었다.

메아리 같은 부름이 잠잠해지자 생채기로 가득한 발목을 놓았다. 손가락에 힘을 풀 수 있었다. 입술을 깨물었는지 피 맛이 났다. 하얗게 침이 말라붙은 입가에서 흐느낌을 닮은 웃음이 새어 나왔다. 흐흐흐. 흐흑. 흐흐힉. 해냈다.

극심한 피로가 덮쳐왔다. 주오는 웅크린 자세로 파들거리며 잠 속으로 미끄러졌다. 웃음이 계속 삐져나왔다. 왜냐하면 그는 처음으로 자신을 위한 목적을 이루었고, 그로 인해 새로운 생을 맞이할 것이기 때문이었다. 신이시여, 당신이 무엇이든 그대로

제게 이루어지소서. 그는 희미한 의식 속에서 확신
했다. 이제 이전으로는 진실로 돌이킬 수 없으며, 그
것을 결코 원하지 않으리라는 것을.

✷

"그림 그리는 거 좋아하세요?"

주오는 반사적으로 아닙니다, 했다.

귀를 쫑긋 세운 강아지가 액자 안에서 혀를 내밀
고 장난스러운 표정을 짓고 있었다. 열 개 남짓한 곡
선으로 그려졌지만 둥근 발을 힘차게 굴려 틀 밖으
로 달려 나갈 기세였다. 자신이 그린 강아지 드로잉
을 보는 것이 인상 깊었는지, 고객은 공구를 챙기는
주오에게 전단 하나를 내밀었다. 시내의 도서관에서
열리는 드로잉 교육 홍보지였다. '원하는 재료로 나
만의 그림을 그려보세요!'라고 적힌 카피 아래, 고객
의 얼굴이 동그랗게 박혀 있었다. 주오는 왼손에는
전단을, 오른손에는 장비통을 들고 40도쯤 허리를
숙여 인사를 한 뒤 고객의 집을 나왔다.

엘리베이터 앞에서 고개를 왼쪽으로, 오른쪽으로
움직였다. 에어컨 수리 후에는 근육이 쉽게 뭉쳤다.

무엇보다 몇 시간을 쳐들고 있어야 하는 목이 가장 뻐근했다. 매미 소리가 시끄러운 한여름이면 그의 목과 어깨는 바위처럼 단단해져 있었다. 최근에는 편두통이 올 정도로 심했다. 며칠 자리를 비운 기사가 있어 업무량이 늘어난 탓이었다.

"다음 주부터 복귀한다니까, 좀만 참어."

박 과장이 손가락 뼈마디로 목덜미를 문지르며 말했다.

"괜찮대요?"

주오의 물음에 박 과장은 관자놀이를 꾹꾹 누르다 끙 신음을 뱉었다. 안 괜찮아도 별수 있나. 별수 없지. 주오가 입사해 첫 고객을 만나러 가던 길에 박 과장은 당부했었다.

"무슨 일이 있어도 절대 맞받아 싸우면 안 돼. 그러다 니가 골로 간다."

몸적인 고단함보다 더 견디기 힘든 것은 인간이었다. 매일 모르는 집들을 방문하는 기사들은 그 모르는 집에 사는 인간들에게 욕을 먹고 술값을 날렸다. 날이 푹푹 찌는데 늦게 왔다며 다짜고짜 역정을 내는 사람도 있었고, 불러놓고는 누군지 의심하며 문전 박대하는 사람도 있었다. 위태로이 의자에 올라선 주오에게 자녀들이 공을 던져도 가만히 보고선 사람도 있었다. 이번에 휴가를 낸 기사는 한 고객에게 지속적으로 불려가다 어느 날 감금을 당했고, 경찰이 와서야 풀려났다. 고객은 경찰에게 아들 같아서 그랬다고 진술했다.

넌 요새 할만하냐는 질문에 주오는 말했다.

"그럼요."

"다 니 같음 좋겠다만. 부처 같이 사니 얼마나 좋냐."

안 그러냐. 박 과장이 주오의 얼굴을 보다 바람 빠지는 소리를 내며 웃었다. 그가 웃는 이유는 다른 데 있지 않았다. 주오는 부처와 꼭 닮은 얼굴로 미소 지었다.

주오는 어릴 때부터 부처라 놀림을 받았다. 역사 교과서나 미술책에 석굴암 본존불, 혹은 반가사유상이 나오면 짓궂은 아이들이 남주오다, 남주오다 하고 웃어 젖혔다. 선생들도 가끔은 참지 못하고 실소를 터뜨렸다. 어린 주오는 미술 시간이면 머리를 숙이고 꿋꿋이 그림을 그리는 일에 집중했다. 그러나 역사 시간에는 자신을 향한 웃음소리 가운데서 콩기름 종이에 컬러로 인쇄된 석가의 얼굴을 잠자코 바라보는 수밖에 없었다. 길게 늘어진 눈과 그보다 더 기다랗고 얇은 눈썹은 오로지 아버지의 것이었다. 주오의 어머니는 동그란 눈에 작은 콧방울을 가진 여자였다. 어머니의 짙은 쌍꺼풀 위에는 그려 놓은 듯한 눈썹이 가지런히 앉아 있었다. 학교에서 학부모 참관 수업이라도 있는 날이면 반 아이들과 담임 선생은 놀라서 주오와 어머니의 얼굴을 번갈아 쳐다보았다. 다음 날 학교에 소문이 퍼졌다. 계모인 겨. 주오 자식 엄니 말여. 근디, 친아비가 집을 나갔다 하대. 계모가 참 대단허지? 선생도 수군거리는 아이들을 뒤로하고 아들은 엄니를 닮는 건디, 진짜 친엄니가 맞는 거제? 하고 물었다. 주오는 말 없이 고개를 끄덕였다.

같이 살 적에도 아버지는 거의 집에 없었다. 눈동자도 쉽사리 보이지 않는 작은 눈에 대충 선 화살코, 멀찍이 이마 중간에 붙은 눈썹은 석가모니의 현신과도 같았으나 귀에는 복이 없었다. 주오는 무례한 고객들을 만날 때마다 아버지를 떠올렸다. 부처의 얼굴로 장시간 헛소리를 해대는 낯을.

아들아. 내가 죽이는 사업 아이템을 발견했다는 거 아니냐. 이거 한 번이면 인생 피는 거야. 망하는 놈들이 바보지. 이해했냐?

그는 이상주의자였다. 불행히도 그중에 악질이었다. 아버지가 자신을 부르면 주오는 다리가 간지러웠다. 벌레가 옷 속을 기어 다니는 게 분명하다고 생각했다. 집에 갈라진 틈새가 많으니 벌레 몇 마리 들어와 돌아다니는 것은 예삿일이었다. 아버지는 식당 종업원에게 패악질을 했고, 누군가 그를 살짝이라도 친다거나 길을 막으면 막말을 퍼부었다. 어딜 감히. 니 같은 게 내 앞을 막아. 발목이 가장 근질거렸다. 그런데 발목을 붙잡고 얼굴로 들어 올리는 포즈를 취해도 진드기 한 마리 보이지 않았다. 그러다 뒤로 발라당 넘어지면 땅으로 꺼지는 기분이었다. 넘어간 김에 쑥 들어가보면 어떨까. 어딘가로 떨어져보면 어떨까.

"오늘 아부지 만났냐?"

오랜 친구 명석은 감이 좋았다.

주오는 대답 대신 고객인 그림 강사에 대해 말했다.

16

기회다, 남주오! 그의 그림을 본 친구는 명석뿐이었다. 명석은 주오의 낙서장을 볼 때마다 돈 좀 버는 삽화가가 될 수 있다며 호들갑을 떨었다.

"우스운 소리 마라. 그림 잘 그리는 인간이 얼마나 많은데."

그러면 명석은 넌 그게 문제라며 한참 삿대질을 했다.

"어머니는 잘 계시지?"

"잘 계시지."

"어머니가 날 참 이뻐하셨는데."

니를? 주오가 어이없는 웃음을 흘렸다. 열세 살의 주오는 선수 출신 체육 선생을 따라 중학교 축구부에 갈 뻔했다. 그 전날 축구를 하다 발목을 세게 차여 병원에 입원하지 않았다면 그럴 수도 있었다. 눈물짓는 어머니 옆에서 발목을 찬 당사자인 명석은 옷자락을 구겨 쥐고 훌쩍거렸다. 누구 다리차는 일은 평생 못할 사람인데, 어쩌다 그렇게 되어 억울한 것처럼 울어댔다. 주오가 어차피 자신이 텔레비전에 나와 응원받고 욕도 먹는 선수가 될 리 없지 않냐고 농담해봐도 매일 그러길래 나중에는 약

기운에 졸린 척을 했다.

명석은 발목뼈가 붙을 때까지 책가방을 들어준다고 달라붙더니 떨어지지 않았다. 동네에서 가장 높은 아파트에 사는 놈이 자꾸 외풍이 드는 주오네에 왔다. 명석도 이상주의자라고 할 수 있었다. 역시 좋은 쪽은 아니었지만, 아버지와 다른 점은 부유한 집에서 태어났다는 것이었다. 술만 마시면 명석은 한 여자 일로 한탄을 했다. 그 여자란 까만 단발머리에 눈썹이 짙고 조그만 입을 가진, 같은 동네에서 자란 동갑내기였다. 초등학교 때부터 좋아한다고 쫓아다니다 고등학교 때 결국 사귀게 되었는데, 그마저도 얼마 안 있어 이별을 통보받았다.

"그 앨 사랑하는 건 내 의지가 아니야. 알겠어?"

주오는 잠자코 듣고만 있었다. 그럼 누구의 의지겠어. 신의 의지 아니겠어? 에우세비오 남주오?

"그럼 계속 그렇게 살든지."

무심히 대꾸하면 명석은 눈을 비비고 닌 니밖에 모른다며, 말려도 항상 계산을 하고 밤길로 사라지곤 했다. 그리고 몇 주 뒤에 술에 취한 채로 전화를 해서 다리 부러뜨려 미안했다고, 20년이 다 되어 가는 얘기를 했다. 주오가 '니 일부러 그랬냐?'라고 물으면, 명석은 '아니다, 아니다. 내가 그럴 리 없지.' 했다. 주오는 길에 널브러진 무거운 명석을 집까지 업고 왔다. 그리고 물을 먹이며 분수에 맞는 사람을 찾아라, 하고 재웠다.

눈썹이 짙고 입이 조그만 여자애는 초등학교 고학년 동안 주오와 같은 반이었다. 예쁜 벽돌 주택에서 조부모와 살았는데, 그 집 담이 높기로 유명했다. 미술 시간마다 36색 외제 색연필을 가져와 주오에게 나눠주었기 때문에 고마워서 그 애 얼굴을 그려주려고 한 적이 있었다. 교실 안에서는 아무래도 부끄러워 운동장에서 건네야지, 아니다 문방구 가는 길에 줘야지, 누구네 논길에서 줘야지 하다 그 애 집까지 따라갔었다. 골목에서 망설이다가 겨우 결심하고 발을 떼려는데, 그 집 앞에서 명석이 쭈뼛거리는 모양새로 여자애와 대화하는 걸 보고 한달음에 도망쳤다. 그림만 주려고 했었으니 걸리는 건 없었지만 그래도 맘 한구석이 괜히 불편했다. 전력 질주를 해서인지 가슴도 쿵쾅거렸다. 삐뚤빼뚤하게 그린 초상화는 집으로 돌아가는 길에 어쩐지 잃어버렸다.

주오는 화장실로 들어가 수돗물을 틀었다. 술기운 탓에 벌건 얼굴을 바라보았다. 누구인가, 거울 속의 이 얼굴은. 모두 아버지의 것이다. 자신을 짓밟으려 하는 고객을 만나면 아버지를 겹쳐놓았다. 참 가엽구나, 가여운 중생이구나, 여겼다. 박 과장이 당부한 대로 따르는 건 어렵지 않았다.

차가운 물로 세수를 했다. 옷을 갈아입었다. 어머니가 식탁에 내놓은 식어가는 숭늉을 먹고 치우고, 방으로 들어가 방문을 조심히 꼭 닫았다. 그리고 책상에 앉았다. 빈 종이 위로 손이 움직였다. 선이 뻗어 나왔다. 검은 선들이 장소를 만들었다. 무언가 그의 손가락에서 흘러나오고 있었다. 그건 신의 의지가 아니었다.

복귀하기로 했던 동료 기사는 나타나지 않았다. 모두가 바쁜 시기였지만 그에게 배당된 일을 나눠쳐내야 했다. 시내에서 한참 멀리 있는 한 건이 기피 대상이었다. 주오는 여느 때처럼 제가 가겠다고 손을 들었다. 남 부처, 밥 한번 살게. 자기에게 그 일이 떠넘겨질까 봐 땀을 삐질거리던 신참의 얼굴이 제일

밝았다.

"저것만 키믄 골이 다 띵해 갖고 죽을 만치 아퍼."

키 작은 노파는 좁은 거실에 붙은 낡은 에어컨을
가리켰다. 노파는 무릎까지 내려오는 흰 머리를 하
나로 땋아 길게 늘어뜨리고 있었다. 대문 앞에 '천수
선녀'라 붙은 것을 보고 범상치 않겠다고 생각은 했
으나 하늘에서 뚝 떨어진 듯한 신령 같은 노인이 있
을 줄은 몰랐다.

오는 길은 험난했다. 인적이 드문 길을 달리며, 혹
잘못 지나친 것은 아닌지 내비게이션을 계속 확인했
다. 일을 마치면 바로 집으로 퇴근할 수 있을 것 같
아 마지막 일거리로 정해놓았는데 잘한 일이었는지
회의가 들었다. 돌아갈 길도 순탄하진 않을 것 같았
다. 도착지에 가까워질수록 길가에 나무와 수풀이
늘어났다. 마을 어귀로 보이는 도로 옆 덤불 속에는
공미리라고 새겨진 돌덩이가 금이 간 채로 누워 있
었다. 마을에는 사람의 흔적이 없었다. 무너진 집들
은 이미 오래 전에 버려진 것 같았다. 높게 자라난
식물들만이 폐허의 잔재를 감싸 안고 있었다. 기울
어진 햇빛에 금색으로 물든 그 광경에는 사라진 것

들에 대한 향수가 감돌았다. 그러나 안으로 들어갈수록 마을은 기이한 분위기를 풍겼다. 방종하게 자라난 식물들과 그것들이 드리운 검은 그림자들 때문이었다. 사람들이 소원을 빌었을 둥그런 돌무더기와 찢어진 오색천을 두른 나무를 지나자 마을 가장 깊숙이 자리 잡은 낡은 집 하나가 나타났다. 바로 산 아래에 있어서 집에서 몇 발자국만 걸으면 숲이었고, 산비탈이었다. 외딴집의 주인인 고객은 오는 길에 본 마을 풍경과 아주 닮아 있었다. 노파는 푹 파인 눈을 치켜뜨고 거실의 에어컨을 가리킨 다음, 가는 나무대로 엮인 발을 제치고 그늘진 복도로 들어갔다. 발에 그려진 무늬는 무슨 모양이었는지 짐작하기 어려울 정도로 바래 있었다. 가운데가 검고 주변이 옅은 색인 것으로 보아 어떤 동물이 입을 벌리고 있는 모습 같았다. 수리를 시작하기 전부터 몸이 무거웠지만 주오는 해가 떨어지기 전에 가야 한다는 생각에 장비통을 급히 열었다.

구형 에어컨의 뚜껑을 벗기니 증발기와 송풍팬에 잔뜩 낀 곰팡이와 이물질이 드러났다. 한 번도 청소를 한 적이 없는 기계였다. 혼자서 10년은 묵었을 곰

팡이를 세척하는 것은 쉬운 일이 아니었다. 주오는 땀범벅이 된 몸으로 뜨거운 입김을 내뱉다 잠시 쉴 요량으로 소파에 걸터앉았다. 피로에 눈감은 그에게 낮고 칼칼한 목소리가 들려왔다.

"눈은 감어라. 움직이지 말고, 숨만 쉬라. 쉬는 듯 안 쉬는 듯 계속 쉬라!"

방 안에서 들려오는 소리는 작았지만 흐릿하지는 않았다.

"그러고 나가는 거여! 찬찬히, 찬찬히. 그래야 안 죽고 니가 살지!"

주오는 일어나 조심스러운 손짓으로 발을 제쳤다. 어둡고 그늘진 곳에 문이 있었다. 발끝부터 한기가 올라왔다.

"그려! 옳지! 옳지!"

주오는 강한 어조에 이끌려 문 가까이로 조금씩 다가섰다. 짝! 짝! 손뼉 치는 소리가 너무 쨍해 귀를 막으려는 찰나, 쿵쿵 바닥을 찧는 소리가 집안을 울렸다. 진동이 그의 발까지 전달되고 있었다. 그때 눈 앞의 문이 흔들렸다. 쾅. 무언가 방 안에서 문을 세게 치고 있었다. 쾅. 쾅. 밖으로 나오려고 몸을 세게 부딪치고 있는 것 같았다. 쾅. 쾅. 주오는 물러섰다. 나오고 싶으면 문을 열면 될 일이다. 누가 가두지 않았다면. 쾅! 소리는 더 거세졌다. 주오는 거실로 뒷걸음질 쳤다. 관자놀이에서 흘러내린 땀이 바닥으로 떨어졌다. 그는 발바닥으로 땀을 지운 후 거실을 둘러보았다. 자신이 그토록 더웠던 이유를 알았다. 모든 창문이 닫혀 있었던 것이다. 그는 창문으로 다가갔다. 갑자기 숨이 찼다. 얼른 저 누르스름한 커튼을 젖히고 창문을 열자….

"뭐 하는 겨?"

돌아보니 어느새 노파가 거실로 나와 있었다. 그가 너무 더우니 창문을 열어도 되는지 묻자 노파는 가장자리가 다 녹슨 냉장고로 성큼성큼 걸어가더니 놋그릇에 얼음을 채웠다.

"오늘 창문은 못 열어. 정 못 참겠음 다시 오든가."

주오는 큼지막한 얼음이 담긴 놋그릇을 받아들었다. 얼음의 한기가 손에서 머리끝까지 올라왔다. 순간 뒤통수 뒤로 바람이 지나갔다. 사라락, 커튼이 흩날렸다. 노파는 그의 앞에 서 있었다. 입이 말랐다. 목덜미부터 찌르르 퍼지는 소름이 놋그릇 때문인지 다른 이유에서인지 헷갈렸다. 그는 커튼 쪽으로 고개를 돌리고 싶었지만, 그럴 수 없었다. 노파의 눈이 그리로 향해 있었다. 귀에 바람이 스쳤다. 숨소리. 가벼운 한숨 소리가 들렸다. 노파의 시선이 소파 쪽으로, 발 쪽으로 이동했다. 노파는 말없이 방으로 들어가 문을 닫았다. 조금 있다가 잘했우다 잘했우다, 달래는 소리가 들렸다. 숨죽여 흐느끼는 소리도 들렸다. 주오는 감각 없는 손으로 놋그릇을 내려놓았다. 땀은 나는데 덥지는 않았다.

두 시간이 지나고 주오는 에어컨의 뚜껑을 닫았다. 해가 넘어갈 시간이었다. 방에서 한 여자가 나왔다. 환히 웃는 낯으로 주오에게도 목례를 했다. 현관에서 고맙심더 고맙심더, 하고 노파의 손을 붙잡고 한참을 놓지 않았다. 주오는 박 과장에게 보고를 하고 싶은 마음이 간절했다. 얼른 이 외딴집에서 떠나고 싶었다. 그때 휴대전화 진동이 울렸다. 흠칫 놀란 그는 화면에 뜬 메시지를 읽었다. 어디냐. 오늘 좀 나와라. 아버지였다. 여자에게 손을 내주고서도 꼿꼿한 자세를 잃지 않는 노파의 잿빛 머리카락을 바라보는데 머릿속에서 답장이 저절로 써졌다. 싫습니다.

에우세비오. 멋진 이름이지? 자기가 지어줬다며 거짓말을 하는 아버지의 두툼한 입가가 떠올랐다. 갑자기 구역질처럼 증오가 올라왔다. 뱉어본 적 없는 증오였다. 손에 쥐고 있던 휴대전화를 소파 옆 협탁에 내려놓았다. 미약하게 흔들리는 발 사이로 방 안이 보였다. 누런 장판 위에 두툼한 흰색 요가 놓여 있었다. 사람이 누운 자국이 있는 요 말고는 눈에 띄는 게 없었다. 무당의 방이라기에는 색이 적었다. 대신 열린 방문에는 누가 일부러 긁어낸 듯한 자국들이 빽빽했다. 물리적인 힘으로 부순 것 같은 구멍도 있었다. 구멍들은 꼭 인간의 눈코입 같아 악령의 형상을 떠오르게 했다.

여자가 떠나자 노파는 아무 일 없었다는 듯 지갑에서 돈을 꺼내 값을 치렀다. 주오는 장비를 챙기고 허리를 숙였다. 친절의 핵심은 사소한 태도다. 인사를 할 때 고객의 눈을 쳐다보아야 하지만 그는 얼굴을 숙인 채 그대로 문을 열었다. 고개를 들면 왠지 노파가 은수자 에우세비오의 머리를 들고 있을 것 같은 이상한 느낌이 들었다. 이미 날이 어둑했다. 이 마을에 오렌지빛 노을을 품어줄 저녁은 없을 것 같았다. 밤이 성큼 걸어와 남은 빛을 우적우적 먹어 삼킬 것이다. 주오는 시동을 걸고, 도로에 가로등이 켜져 있기를 고대하며 차를 몰았다.

협탁에 놓고 온 휴대전화. 브레이크를 밟았다. 가로등이 있는 도로로 진입한 뒤 보고를 위해 전화를 찾던 중이었다. 그는 백미러로 방금 빠져나온 어둠을 바라보았다. 아무것도 보이지 않았다. 폐허가 된 마을에는 불빛 하나 없었다. 대지를 쓰다듬는 햇빛의 마지막 손길과 헤드라이트에 의지해 겨우 빠져나온 참이었다. 주오는 갓길에 차를 세우고 전화기가 차 어딘가에 빠지지 않았나 구석구석 더듬었다. 싫습니다, 라는 문자를 보내야 했다. 어쩌면 무시해도 될 메시지였다. 안 됩니다, 로 바꿀 수도 있겠지. 사실 전화야 내일 아침에 찾으러 갈 수도 있다. 하룻밤의 연락 두절이 큰일은 아니다. 하지만 지금 찾으러 가도 문제가 없었다. 가야할 곳은 나이 든 할머니가 사는 외딴집이었고, 자신은 에어컨 기사였다. 그리고 마을에는 실지로 아무도 없다. 폐허를 닮은 자연 본래의 모습만 있을 뿐. 다만 그 집에서 느꼈던 가슴

27

속의 생경한 느낌이 맘에 걸렸다. 구역질처럼 올라오는 무언가. 노파를 떠올리면 발목부터 몸 전체가 무거워지는 느낌이었다. 그러나 그런 건 잠시간의 기분일 뿐이다. 역시 별일 없을 것이다. 주오는 어둠 속에서 천천히 차를 몰았다. 그는 차분하기까지 한 사람이었다. 부처라는 별명은 괜히 얻은 게 아니었다.

저 멀리 불빛이 보였다. 떠난 지 한 시간도 되지 않아 고객의 집터에 다시 들어섰다. 집에서 흘러나오는 어슴푸레한 불빛 빼고는 사방이 칠흑이었다. 그는 시동을 켜놓은 채 손전등을 꺼냈다. 으슥한 분위기 탓인지 유난히 선명히 들리는 자신의 발소리에 자꾸 뒤를 돌아봤다. 고객의 집 안은 캄캄했다. 문을 두드렸지만 돌아오는 답이 없었다. 불빛은 집에서 새어 나온 게 아니었다. 집 뒤편 숲에서 흘러나오고 있었다. 숲으로 다가가니 사람의 인영이 빛을 향해 걸어가는 게 보였다. 남주오는 외쳤다. 고객님! 고객님! 아까 방문했던 에어컨 기사입니다. 그는 예의 바른 인간이기 때문에 신원을 밝혔다. 노파는 듣지 못한 건지 숲 속으로 계속 걸어 들어갔다. 그는 수풀을 헤치고 빠른 걸음으로 노파를 따라갔다. 손전등으로 숲을 비추자 노파의 뒷모습이 보였다. 고객님! 노파는 멈춰 섰다. 쭈글쭈글한 목주름과 귓불이 보였다. 노파가 휙 고개를 돌렸다. 손전등 빛에 금색으로 이글거리는 눈을 마주했을 때, 바람이 지나갔다. 누군가의 숨처럼 천천히 그러나 차갑게. 그의 볼과 목을 감싸 안듯 지나가던 바람은 어디선가 점점세게 불어오기 시작했다. 눈가를 때릴 정도가 되자주오는 몸을 돌리고 눈을 질끈 감았다. 잦아든 바람에 다시 눈을 떴을 때, 노파는 없었다. 대신 숲의 광경이 달라져 있었다. 여전히 어둠 속이었지만 은은한 빛이 안개처럼 깔려 숲을 비추었고, 그를 둘러싼수풀과 나뭇잎들은 물속에 있는 해초처럼 일렁거렸다. 그것들은 그를 보고 있었다. 아닌가? 그는 등을돌렸다. 아니구나. 저것들은 이것을 보고 있었다. 언제 산비탈까지 다다른 걸까, 라는 생각도 잠시 그는눈앞의 것에 온 신경을 빼앗겼다. 산비탈에 구멍이있었다. 거대하고 캄캄한 구멍이. 손전등으로 그 안을 비추었다. 검은 어둠뿐이었다. 자신의 키보다도지름이 긴 구덩이 앞에서 주오는 숨이 찼다. 깊을 것이다. 아주 깊을 것이란 생각만이 그를 지배했다. 무

29

엇이 있을지 모르는 깊숙한 구덩이. 소름 돋는 바람을 아니, 숨을 내쉬는 구덩이. 주오를 보고 있는 구덩이. 그는 두려웠다. 마을 어귀에서 깨진 바위를 봤을 때부터, 천수선녀의 집에 들어섰을 때부터, 두려워하고 있었다. 몸에 꽁꽁 숨겨져 있던 이름 모를 덩어리들이 요동치려고 했다. 주오는 발을 뗐다. 구덩이를 향해, 한 걸음, 한 걸음.

안 돼! 뒤에서 들린 걸걸한 외침은 노파의 것이었다. 여유롭게 흔들리는 수풀 위로 손을 뻗던 노파가 앞으로 고꾸라졌다. 몸을 일으킨 노파는 태도를 바꿔 다시, 가라! 라고 외쳤다. 찡그렸다 웃었다. 표정이 순식간에 변했다. 주오는 갑자기 정신이 들었다. 내가 어디에서 무엇을 하고 있는가. 뒷걸음질 쳤다. 치려고 했다. 그런데 발이 들리지 않았다. 늪에 빠진 것처럼, 발목에 무거운 심연을 달아놓은 것처럼 움직일 수 없었다. 무언가 그의 발목을 움켜쥐고 있었다. 주오는 순식간에 거꾸로 매달렸다. 무엇이 자신을 들어 올렸는지 보려 했지만 그럴 새가 없었다. 발치부터 짙은 어둠이 발목, 정강이, 무릎으로 기어 내려왔다. 주오는 그것을 털어내려고 팔을 흔들었으나 어둠은 멈추지 않고 그를 잠식해갔다. 허리, 몸통, 가슴. 어둠이 목까지 기어 내려와 부드러운 손길로 그를 뒤덮었다. 주오는 스스로가 없어지는 공포에 발버둥 쳤다. 깜박거리는 전구처럼 혼절했다 깨어나기를 반복했다. 눈에 보이지 않는 하나의 점으로 압축되어버릴 듯한 압박감에 비명을 질렀다. 어둠이 입속으로 기어들어 왔다. 아무에게도 들리지 않을 비명이 그의 안으로 파고들어 그를 고통스럽게 짓눌렀다. 몸속의 모르는 덩어리들과 합쳐져 요동쳤다. 죽음의 공포 속에서 주오는 짐승처럼 울부짖었다.

갈라진 틈새. 그 사이로 부는 얼음 같은 겨울바람. 찰랑거리는 묵주 소리. 에우세비오. 우리 에우세비오를 도와주세요. 고등학교 졸업 후 바로 일을 시작하는 건 열아홉 살의 그로서는 아주 예전에 결심한 일이었다. 안 돼. 어머니는 그가 대학에 진학하기를 원했다. 주오의 마음을 돌리기 위해 아들이 싫어하는 새벽기도를 매일 나갔다. 이른 빛을 업고 성당으로 향하는 작은 등에선 탁하고 씁쓸한 냄새가 났다. 어릴 땐 그 알싸한 냄새가 좋다고 품에 파고들었다. 그건 아픈 냄새였다. 주사기와 핏자국과 병의 흔적을 지우던 소독약 냄새라는 걸 주오는 발목이 부러져 병원에 입원하고 알았다. 결국 어머니의 소원대로 전문대 전자과에 입학했다. 졸업하고 바로 취직할 수 있었다. 주오는 언제 어디서나 모범적인 학생이었으니까. 취직 기념으로 사 온 꽃 화분은 금방얼어 죽었다. 어머니가 쉴 수 있을 정도의 여유가 생기면, 식물이 얼어 죽지 않는 집으로 이사를 할 것이다. 썩어빠진 이상주의자의 몫까지 떠안은 어머니를벗어나게 해줄 것이다. 그도 그럴 것이었다. 발목이미치도록 가려운 그 집에서, 참을 수 없이 누군가 어딘가로 밀어 넣는 감각으로부터. 들판으로, 바다로, 공중으로. 허공으로. 천공으로.

주오는 자신이 죽었다고 생각했다. 그러나 정신은여느 때보다 맑고 상쾌했고, 가슴은 뻥 뚫린 듯 개운했다. 한없이 가벼웠다. 그는 공중에 떠 있었다. 밤하늘에서 별이 번쩍였다. 하늘이 아니라 우주구나. 별들이 밝힌 보랏빛 암흑. 끝없이 펼쳐진 아름다운우주. 주오는 손을 움직여보았다. 발과 다리도 움직

일 수 있었다. 아래를 내려다보았다. 인간들이 켜놓
은 불빛들이 가득했다. 구름이 지나갔다. 몸을 움직
여 구름을 통과했다. 날 수 있었다. 두 팔을 활짝 펴
고 하늘을 가로질렀다. 자유로웠다. 발이 무겁지 않
았다. 어찌 그렇게 답답히 살았나 싶을 정도로 가슴
이 시원했다. 온 세상이 환했다. 공기마저 잘 보였다.
구름이 지나가는 소리가 들렸다. 아래에서 밤을 보
내는 인간들의 소리도 들려왔다. 초감각을 지닌 초
능력자가 된 것 같았다. 그는 아래로, 헤엄치듯 공기
를 가로질렀다. 구덩이가 보였다. 그것은 역시 살아
있었다. 깊은 어둠이, 우주가 그 안에 살아 있었다.
그 안은 무한하다. 본능적으로 알 수 있었다. 한밤의
비행은 생애 처음, 세계와의 합일을 선사했다. 그는
없는 것처럼 가벼웠지만 분명히 존재했고, 세상과 함
께 운동하고 있었다. 구덩이 옆에 노파가 서 있었다.
그를 올려다보며 잘했다는 듯 미소 지었다.

행복이 무엇인지 안 적이 없었다. 이 환희와 쾌락
이라면 주오는 행복했다.

나는 죽은 걸까.

주오는 생각했다.

그렇다면 죽어야 하지 않을까.

그러나 남겨진 것들이 있다. 저 아래 땅 위에. 해
결해야 하는 일들. 짊어져야 하는 것들. 견뎌야 하는
순간들. 발목으로부터 생의 무게를 느꼈다. 그가 지
고 있는, 지고 가야 할 짐. 순간 그는 추락했다. 잊을
수 없는 기억을 품은 채.

숨을 내뱉었다. 단숨에 일어났다. 입가에 말라붙
은 침을 손등으로 문질렀다. 주오는 살아 있었다. 노
파의 방에, 흰색 요 위에 누워 있었다. 노파는 옆에
앉아 그가 스스로의 몸을 더듬는 모양을 응시했다.
주오는 벌떡 일어나 거실로 뛰쳐나갔다. 창문은 여
전히 닫혀 있었고, 놋그릇의 얼음은 녹아 물이 되어
있었다. 그는 협탁 위에 놓인 휴대폰을 주머니에 넣
었다. 동이 트고 있었다. 기절이라도 한 것일까. 잠들
었을 리는 없었다. 밤에 이 집에 들어온 기억이 없으
니까. 어떻게 된 일입니까, 라고 물으면 노파가 뭐라
고 대답할까. 그는 물었다.

"어떻게 된 일입니까."

노파는 말했다.

34

"신의 사랑을 받게 된 기지."

노파의 손바닥에는 어딘가에 쏠린 붉은 생채기가 있었다. 주오는 에어컨 리모컨을 눌러보았다. 정상적으로 작동했다. 그는 이곳에 에어컨을 고치러 온 기사였고, 할 일을 마친 게 맞았다. 주머니에서 진동이 울렸다. 어머니였다. 이미 어머니와 박 과장에게서 부재중 전화가 두 통씩 와 있었다. 그는 현관에서 노파에게 목례를 하고, 문고리를 잡았다. 뒤에서 노파의 낮은 목소리가 들렸다.

"혼자서는 위험하니, 다시 오라."

주오는 돌아보지 않고 문고리를 돌렸다. 노파는 따라 나오지 않았다. 등 뒤의 숲은 조용했다. 문득 손전등이 생각났지만 주오는 그대로 차에 시동을 걸었고, 그 마을을 빠져나왔다.

신성한 노래가 울려 퍼졌다. 주오는 빛나는 스테인드글라스 사이에 매달린 신을 바라보았다. 신을 칭송하는 기도는 그를 겉돌 뿐 가슴으로 들어온 적이 없었다. 주오가 처음 좋아했던 것은 낙서였다. 어릴 적엔 집 벽이든 식탁에든 책에든 온통 낙서를 해놓아서 어머니에게 등짝을 맞은 적이 한두 번이 아니었다. 기계를 만지는 것도 손을 쓰는 일이라 택한 것이었다. 손을 움직이는 것. 주오에겐 그것이 기도였다. 안정과 평화의 세계로 인도하는 신에 대한 의지와 같은 것이었다.

미사가 끝나고, 어머니는 주임 신부와 담소를 나누었다. 머리가 하얗게 센 걸 봐서는 나이가 있나 싶었지만 신부의 얼굴에는 옅고 고운 주름 몇 가닥뿐이었다. 깊게 파인 어머니의 주름들과는 달랐다. 에우세비오 형제님, 신은 언제나 우리의 길에 동행하십니다. 주오는 손을 마주잡고 고개를 숙였다. 다시 오라. 노파의 목소리가 맴돌았다. 성당 돌바닥에서 올라오는 냉기에 발목이 시렸다. 딱지가 앉은 복숭아뼈가 가려웠다. 꿈이었다. 아마도 그랬을 것이다. 그날 주오는 휴대폰을 가지러 그 집에 다시 방문했고, 모종의 이유로 기절했다. 그리고 기이한 분위기의 마을과 집과 노파 때문에 혼란한 꿈을 꾼 것이다. 다시 오라니. 미친 노파였다. 산비탈에 구덩이를 파놓고 사람을 홀리는 음흉한 노인네가 틀림없었다. 구덩이 안에는 분명 아무것도 없을 것이다. 아들이

너무 잘 컸네. 미사 드리러 자주 좀 와요. 어머니가
얼마나 열심이신데. 어머니와 성경 공부를 같이 한
다는 신자들 눈이 그의 몸을 훑었다. 노파는 문고리
를 잡은 주오의 등에 대고 말했다. 신의 사랑을 받
는 자는 모든 사람을 사랑한다. 성스러운 기운을 품
은 성당의 교리와 다를 바 없었다. 신의 사랑이란 어
찌나 광대하고, 어찌나 무관심한지.

"주오 씨 그림은 중세 목판화가 생각나요."
친절한 고객이자, 드로잉 수업 강사가 말했다.
"사람이 없는 것만 빼면요."
주오는 중세 목판화에 대해 알지 못했다. 선 하나
하나를 빈틈없이 그려 넣는 일에 몸과 마음을 빼앗
긴 것뿐이었다. 노파에게 다녀온 후로 이제까지 느
끼지 못했던 낯선 감정들이 덮쳐올 때가 있었다. 반
갑지 않은 그것들이 등을 뚫고 가슴으로 흘러 들어
가면 그는 또 그림을 그렸다. 선이 빼곡하게 들어선
건물들의 풍경과 나무, 그리고 꽃의 형상들을 만들
었다. 인간과 동물은 없었다. 그리지 않았다.
사실 정말로 드로잉 수업을 들을 생각은 없었다.

기괴한 꿈을 곱씹고 싶지 않아 어머니를 모시고 성당에 갔을 때, 차 안에서 손자국이 난 빳빳한 전단을 발견하지만 않았다면 머릿속에서 잊었을 것이다. 아니면, 밤마다 손이 되고 연필이 되고 선이 되는 일에 갑작스레 실패하지만 않았다면. 그래서 한번 구경이나 할까, 전날 밤에 그린 그림을 팔 한쪽에 끼고 기웃거렸을 뿐이다. 이미 열 명 정도의 인원이 강의실을 채우고 있었다. 발길을 돌리려는데 막 문으로 들어오는 한 여자와 마주쳤다. 은구슬 같은 눈과 마주치고 머뭇대는 사이 주오는 자신을 알아본 강사의 손에 이끌려 자리에 앉게 되었다. 명석아. 분수에 맞는 여자를 찾아라. 그런 말은 도무지 할 수 없게 되었다.

꽃잎, 다홍색. 물먹은 청록색 잎사귀. 짙푸른 강물. 여자는 하얀 도화지에 이런 것들을 그렸다. 색이 없는 주오의 것과 달리 여자의 그림에는 빛깔이 있었다. 그녀의 붓질이 닿은 자연은 금방이라도 날아오를 듯 가벼웠다. 그녀가 칠한 나무, 꽃가지들은 화장기 없는 얼굴에 입술만 분홍색으로 칠하고, 살랑거리는 블라우스와 무릎까지 오는 스커트를 입은 그녀와 닮아 있었다. 나이는 많다면 주오의 또래일 것이었고 아니라면 두세 살 정도 어릴 것 같았다. 붓을 잡은 하얀 손과 집중하느라 숙인 고개, 머리카락 사이로 보이는 둥근 볼, 작은 귀, 하얀 목. 어디에서 무얼 해도 그런 것들이 생각났다.

나이가 차니 색시 얻어 장가만 가면 되겠다는 말을 수시로 들었다. 한 귀로 흘려버리곤 했는데, 그 여자, 은성을 생각하면 그 말이 자연스레 떠올랐다. 나눈 대화라고는 안녕하세요, 안녕히 가세요, 그리고 간단한 목례 정도밖에 없었으나 낮은 구두를 신고 걸어가는 뒷모습만 봐도 주오는 은성이 어떤 사람인지 알 수 있었다. 그러나 주오는 더 다가가지 않았다. 좋은 여자라고 해서 그가 무엇을 할 수 있을까. 무엇을 해야 할까. 잠깐 만났던 애인들은 주오를 지루해했다. 관계의 다음을 상상하지 않는 그를 답답해했고, 상처받기도 했다.

주오는 은성을 떠올렸다. 떠올릴 뿐이었다. 맑은 날처럼 투명하고, 수수하지만 선명한 그림을 그리는 수채화 같은 여자. 은성에 대해 명석에게 말해볼까 싶었지만, 왠지 망설여졌다. 명석은 다른 여자들과 연애하면서도 여전히 첫사랑에 집착했고, 그래서

술을 마셨다.

"내가 문제인 거야. 그렇지?"

명석은 가슴을 치며 말했다. 내가 문제인 거라고.
안 그러냐? 주오는 대답하지 않고 명석의 잔에 술을
부었다. 명석은 친구가 많았다. 그런데도 꼭 주오를
찾아와 주정을 했다. 주오는 명석이 다른 친구들에
게도 이러는지 궁금했다. 만나면 술값을 내는 부잣
집 아들 명석. 대도시로 갈 법도 한데 인생의 꿈이
없다면서 방황하는 부르주아. 그런 인간이 왜 자기
옆에 와서 아쉬운 소리를 하는 건지 가끔은 이해할
수 없었다. 평소 가지 않던 중학교 동창회에 간 데에
는 이런 이유도 끼어 있었다. 물론 올해는 주오가 가
지 않으면 자신도 안 가겠다며 버티는 명석의 보챔
이 가장 큰 이유이긴 했지만. 동창들은 대부분 단추
를 두어 개 푼 셔츠 차림으로 서로의 등을 두드리며
소주잔을 들이켰다. 주오는 쏟아지는 농담에 차분하
게 응수했다.

"얘는 뭐 변한 게 없냐. 아직도 부처야."

"냅둬. 사람이 변하면 죽는대잖냐."

"그래, 좋게 좋게 살아라. 더럽고 치사한 세상에

선 그게 나을 수 있다."

"쬐만할 때 우리가 놀린 것도 인제 생각하면 다
덕담이지?"

주거니 받거니 하는 농담들 사이에서 주오가 끄
덕이며 웃고 마는데 명석이 말했다.

"야, 주오 삶도 고달퍼. 니네처럼 영 징징대지를
않으니까 그렇지. 나한테는 다 얘기한다고. 그러고
미안하다고 한다니까, 이 싱거운 자식이."

"내가 그랬나."

주오가 말했다. 왜, 기억이 안 나냐? 명석이 짓궂
은 웃음을 지었다.

"뭐야, 우리한테도 맘 좀 열어줘라, 남주오! 이 망
나니만 네 친구냐?"

옆에 앉은 동창이 주오의 어깨를 흔들었다. 주오
는 자신이 언제 명석에게 이야기를 늘어놓고 사과를
했었는지 떠올리려 했다. 도무지 기억나지 않았지만
한 번이라도 그랬겠지 짐작하고 그만두었다가도, 그
랬다 한들 비슷한 직업을 가진 대학 동창이 아니었
나 싶었다. 그리고 다시 오히려 그런 것은 명석이 아
닌가 했다.

명석이 자리를 뜨자 동창 하나가 말했다.

"명석이가 네 걱정 많이 하더라. 어쨌든 여유 없이 산다고. 어머니는 괜찮으시고?"

다른 동창들도 하나씩 거들었다. 힘들면 연락해라. 술 한잔 사는 거 뭐 어렵냐. 주오는 동창들이 자신의 신변에 대해 직접 질문하지 않았다는 것을 깨달았다. 그는 침만 목으로 넘겼다. 그래, 고맙다. 그 말만 하고 밖으로 나왔다. 뒤에서 명석이 불러도 앞으로만 걸었다.

열네 살 무렵, 주오는 남몰래 화가라는 꿈을 꾼 적이 있었다. 주오의 그림을 모범 작품이라고 전교생에게 보여주던 미술선생 때문이었다. 종이에 선을 긋고 칠만 하면 되는 줄 알았던 일에 막대한 비용이 들어간다는 얘기를 듣고는 바로 단념했다. 차라리 만화가면 낫겠지 싶었다. 그러나 그것도 맘 상하고 몸 상하는 일이라는 얘길 듣고 그만두었다. 지금도 그의 맨 아래 서랍 너머에는 그리다 만 만화들이 구겨진 채로 먼지를 먹고 있었다. 나이가 들고서는 만화가 아닌 한 장의 삽화만 그리기 시작했다. 이야기가 생각나지도 않았다. 예전에 그린 만화도 그저 시시한 내용이었다. 어릴 때라면 모르지만 종내에는 아무도 관심을 두지 않을 바보 같은 얘기였다.

지금의 주오는, 그의 생활은 괜찮았다. 벌이도 나쁘지 않았고 기계를 만지는 일은 적성에 맞았다. 억울한 일은 어느 업에나 있을 것이다. 몸에 고질적인 통증이 있지만, 다른 이의 보살핌을 받을 만큼 심각하지 않았다. 주오는 명석이 자신에 대해 왜 그렇게 말했는지 그 말이 바로 자신인지, 명석의 개인적인 평가인지 헷갈렸다.

주오는 생각했다. 나는 무엇을 원하는가.

예전엔 원하는 것이 명확하다고 여겼다. 그런데 내가 진정 그것을 원하는가? 아니 내가 무언가를 원해도 되는가? 그럴 만큼 무엇이나 되는가?

주오는 밥을 먹는 어머니의 얼굴을 쳐다보았다. 어머니는 그에게 여전히 아름다웠다. 어머니가 미소 지을 때마다 선명해지는 눈가의 주름마저 그랬다. 주말에 주오는 어머니와 가까운 연꽃밭으로 나들이를 나갔다. 맑은 하늘이 단색으로 도배된 천장처럼 새파랬다. 사람들은 양산을 들고 연꽃밭 사이를 산

© LEE SU JUNG

책했다. 그는 편의점에 가서 우산 하나를 사 모자도 쓰지 않은 어머니의 손에 쥐여주었다.

"난 백련이 좋아. 하얗고 이쁘지?"

어머니는 빛깔이 흰 연꽃들 앞에 놓인 벤치에 앉았다. 연꽃이 벌써 시들어 가고 있었다. 주오는 이미 늦여름이라는 것을 깨달았다. 그는 어머니에게 멀리 서 있으라 손짓하고 휴대전화를 꺼냈다. 옷소매로 카메라 부분을 문지르고 어머니를 프레임에 담았다. 어머니는 어깨에 우산을 걸친 채 웃어 보였다. 왜 검은색 우산을 샀을까 주오는 후회했다. 조금이나마 양산처럼 보일 수 있는 밝은색 우산을 두고 왜 그런 색을 골랐을까 사진을 찍고 나서도 마음이 쓰였다. 집으로 돌아오는 길에 저번 통장이었던 옆 동 아저씨가 살갑게 인사를 했다. 잘 지내냐고 어머니에게 안부를 물으며 이름을 불렀다. 고민주 씨. 어머니는 인사를 받으며 자꾸 아들을 쳐다보았다. 주오는 그날 산 우산을 접어 똑딱이를 잠그고 옷장 서랍에 넣었다. 갱지를 꺼냈다. 죽죽 연필로 선을 그었다. 연꽃밭을 그렸다. 우산을 그렸다. 우산은 허공에 떠 있었다. 그는 외로웠다. 연필을 부러뜨린 손가락이 붉어졌다. 그림을 그려도 잊히지 않는 것이 있었다. 주오는 자기 자신을 잊을 수 없었다. 무엇을 원하는지도 모르고, 원하더라도 아무것도 할 줄 모르는 꿈도 절망도 없는 그런 인간이고 싶지 않았으나, 이미 마비된 마음을 가진 것처럼 아무것도 원하지 못했다. 무언가가 주오를 한없이 바닥으로 끌어내리고 있었다. 어떤 감정도 느끼지 못하게 하는, 그의 발치에 달린 아주 까맣고 컴컴한 땅속의 그가. 괴로움에 몸부림쳐도 날아가지 않는 그가.

다시 찾아간 숲에는 불가사의한 보랏빛이 감돌고 있었다. 밤에는 보지 못했던 높다란 나무들이 구덩이로 가는 길목을 지켰다. 주오는 구덩이를 향해 자란 수풀을 헤치며 한 발자국, 한 발자국 걸어갔다. 캄캄하리라 여겼던 구덩이는 다가설수록 빛깔을 바꾸었다. 맑은 밤하늘의 색을 띤 수없이 많은 꽃들이, 그 속에서 피었다 지기를 반복하는 듯했다. 발치에 무언가 느껴졌다. 발목을 부드럽게 휘감는 느낌과 함께 그의 시야가 남빛의 투명한 어둠에 휩싸였다. 잊을 수 없었던 개운함이 몸을 휘감았다. 그는 하늘에 떠 있었다. 아니 우주일까? 대지 아래일까? 둥그런 별들이 주위에서 빛났다. 묘한 색깔의 행성들이 그를 중심으로 돌고 있었다. 정수리부터 번지는 따뜻한 감촉에 위를 올려다보았다. 그것이 있었다. 형체없이 그를 내려다보는, 어루만지는 어둠. 세속의 짐에서 그를 건져내 순수한 본래의 모습으로 되돌려주는 그것의 이름은 무엇이어야 할까.

다시금 새하얀 요에 누운 그에게 노파가 소리쳤다. 네 안에 신이 있으니, 스스로를 믿어라. 주오는 노파가 시키는 대로 몸을 움직이지 않고, 눈을 감은 채 자신이 목격한 신의 내부를 떠올리려고 노력했다. 네 안에 신이 있으니, 믿지 않으면 영원히 울게 되리라. 몸속 가장 깊은 곳에 있는 순수한 자신을 밖으로, 위로 끌어 올렸다. 그럴 때마다 질식할 것만 같은 고통이 찾아왔다. 네가 본 신을 그려라, 온 우주를 그려라. 떠오르려 하면 아래에 누운 자신이 그를 붙잡았다. 생각을 멈췄다. 끌어내리는 힘이 아니라 떠오르는 힘에 자신을 내맡겼다. 이게 바로 나이니. 끓어오르는 갈망에 자신을 내맡겼다. 두려움을 버렸다.

그는 노파의 방에 서서 자신을 내려다보았다. 미

간에 주름이 진 채 바닥에 놓인 몸. 그 앞에 앉은 노파. 그는 노파 또한 내려다보았다. 노파가 읊조렸다. 신의 사랑을 받는 이는 모든 이를 사랑하나니. 주름진 볼이 축축했다. 눈물이 개미굴 같은 주름들 사이로 흘러내리고 있었다.

집으로 돌아간 주오는 어머니를 마주하자마자 미소를 머금었다. 마음에 엉김 하나 없는 환한 웃음이었다.

주오는 밤마다 육체를 빠져나와 순수한 영혼이 되었다. 구덩이의 은총 없이, 노파의 도움 없이 스스로 시도하자 쉽게 되지 않았다. 어머니의 노크 때문에 놀란 적이 한두 번이 아니라 문은 몰래 잠가두었다. 다행히 어머니는 문고리를 돌리지 않았다. 노파는 다시 오라고 했으나 주오는 혼자서도 해내리라는 것을 알았다. 생애 처음으로 강한 확신과 쾌감이 그를 지배했다. 영혼의 상태를 유지하기 위해서는 세속의 일을 생각해서는 안 되었다. 누가 들어올까 염려해서도, 내일 있을 업을 떠올려서도 안 되었다. 오직 자신을 위해 본래의 존재로 돌아가야 했다. 처음에는 육체에서 빠져나와 방을 배회했다. 모든 것이 육체의 눈으로 보는 것보다 더 커 보였고 드문드문 흐릿해 보였다. 시간이 지날수록 세상은 점점 선명해졌다. 소리도 더 잘 들렸다. 신체의 눈과 귀를 통해서는 접하지 못했던, 사물의 비밀을 배우는 순간들이 기뻤다. 작은 것에도 감사할 수 있었다. 연습을 거듭하자 밖으로 돌아다닐 만큼 오랜 시간 영혼의 상태를 유지할 수 있었다. 벽을 통과할 수는 없었지만 열린 창 너머로 날아갈 수 있었고, 장애물을 피해 날아서 원하는 곳에 다다를 수 있었다. 하늘에서 보는 땅의 불빛들은 더없이 사랑스러웠다. 묵주를 쥐고 기도하는 어머니 곁에서 함께 손을 모았다. 주오가 액자에 꽂아준 젊을 적 사진을 하염없이 바라보는 어머니에게 여전히 곱다고, 들리지 않을 말을 건넸다. 술자리에서 낄낄대던 명석이 홀로 담배를 피우며 한숨을 쉴 때 옆에서 등을 토닥였다. 감금 사건 이후 결국 돌아와 힘겹게 일을 하는 동료를 위해 공구를 옮겨주었다. 그리고 발을 디뎌 다시 떠올랐다. 그는 생생하게 깨어 있었다. 순수하게 살아 있었다.

주오는 다섯 번째 드로잉 수업에 결석했다. 그러나 그는 그 자리에 있었다. 사람들이 부지런히 손을 움직였다. 강사는 수강생들 옆에서 코멘트를 해주다가 강의실 앞쪽으로 걸어갔다. 출석부를 바라보다 세 번째 줄에 앉은 은성에게 말을 걸었다.

"은성 님. 주오 님 왜 못 오는지 혹시 아세요?"

은성은 토끼처럼 놀란 얼굴로 고개를 흔들었다.

"아니요. 저는 모르는데요."

"아, 항상 같은 줄에 앉길래 친한가 했어요."

은성은 부정하는 말은 하지 않고 눈을 굴리며 웃기만 했다. 그리고 다시 그림에 집중했다. 종이에 자줏빛 물감을 찍어 꽃잎을 만들었다. 수술은 밝은 노란색으로 잎사귀는 짙은 초록색으로 하늘은 남빛으로. 숨을 멈추고 아주 조심스럽게 종이에 하얀 점을 찍었다. 밤하늘에 별빛을 만들었다. 하. 다시 숨을 내쉬는 그녀를 주오는 옆에서 바라보고 있었다.

그날 주오는 수업을 마치고 집으로 돌아가는 은성을 뒤따라갔다. 은성은 시내에 있는 연학동 성당 쪽으로 걸어갔다. 주오의 어머니가 다니는 성당이었다. 망설이다 몇 번 멈춰 서기도 했지만, 뒷모습을 놓치기 전에는 다시 따라붙었다. 은성은 성당을 지나 빌라촌으로 들어섰다. 주황색 가로등 아래에서 또각 또각 정갈한 소리를 내며 걸었다. 주오는 은성이 2층 으로 올라가 불을 켜는 모습을 빌라 아래에서 바라 보았다. 그는 그림 수업에 몇 번 더 결석했다. 일이 끝나면 그길로 집으로 돌아왔고, 저녁도 거르고 방 으로 들어갔다. 영혼이 되어 은성에게 가는 날이 늘 어났다. 은성은 그림 수업이 없는 날에는 성당에서 운영하는 보육원에서 저녁 시간을 보냈다. 아이들과 함께 밥을 먹는 모습을 주오는 창밖에서 지켜보았 다. 은성은 아이들의 입을 닦아주고, 반찬을 집어주 며 웃었다. 식사가 끝나면 머리가 센 주임 신부에게 인사를 하고 집으로 돌아갔다. 은성이 사는 성모빌 라와 성당 사이에는 작은 개천이 흘렀다. 돌을 밟고 총총 개천을 건너 집으로 올라가는 은성을 쫓다가 도, 그는 매번 빌라 앞에서 멈춰 섰다. 어쩌다 문 앞 까지 가도 204호라고 쓰인 숫자만 보다가 다시 날 아왔다.

　은성은 예뻤다. 창백한 마른 얼굴도, 울 것 같은 커다란 눈도, 분주하게 걷는 하얀 종아리도, 입가에

머무른 수줍은 미소도. 은성의 웃음이 그를 향한 것이 아님에도 주오는 주체할 수 없는 행복감에 빠져들었다. 방으로 돌아오면 그는 눈을 감고 은성의 모습을 떠올렸고, 목소리를 재생했다. 종이를 꺼냈다. 연필로 마른 턱과 어깨까지 내려오는 머리칼을 그렸다. 가지런한 눈썹을 그리고 맑은 구슬 같은, 때때로 행성처럼 빛나는 눈동자를 그렸다. 작은 코와 양쪽으로 슬며시 올라간 입을 그린 다음에는 참을 수 없이 그녀가 보고 싶어졌다. 자신의 손으로 정성스레 그린 사람의 얼굴 앞에서 주오는 강한 열망을 느꼈다. 오직 그 자신을 위한 갈망을.

비가 내린 날이었다. 종일 흐리다 저녁이 되어서야 굵은 빗방울이 냇물처럼 쏟아졌다. 은성은 성당에서 커다란 장우산을 빌려 집까지 조심조심 걸었다. 경사진 오르막에서 빗물이 쏟아내려 은성의 발을 적셨다. 주오는 은성의 맨 발등이 젖는 모양을 안타깝게 바라보았다. 그녀가 빨리 집으로 돌아가 침대에 몸을 뉘었으면 했다. 은성이 빌라 입구에 멈춰섰다. 한 중년의 여자가 은성을 보자 반가운 듯 이름을 불렀다. 은성아. 은성은 잠시 눈을 깜박거리다 입을 뗐다. 어머니.

손님과 함께 축축한 발로 계단을 오르는 내내 은성은 목에 무언가가 걸린 듯 침을 삼켰다. 204호의 문이 열렸다. 들어오세요, 어머니. 중년의 여자는 물이 뚝뚝 흘러내리는 우산을 들고 말했다.

"그래, 고맙다."

현관이 우산에서 떨어진 빗물로 흥건해졌다. 주오는 문으로 다가섰다. 그리고 문이 닫히기 전에 결심한 듯 집 안으로 발을 디뎠다.

은성은 여자를 소파에 앉혔다. 그리고 비가 들이치는 창문을 서둘러 닫았다. 주전자가 삐이 소리를 내며 울었다. 은성이 커피믹스 봉지 두 개를 잔에 풀고 챙그랑 소리를 내며 수저로 가루를 녹였다. 집에는 살림의 흔적이 많지 않았다. 방이 두 개였지만 하나는 창고로만 쓸 수 있을 정도로 작았다. 그 방에는 풀지 않은 상자들 몇 개만이 대중없이 놓여 있었다.

창문을 두드리는 빗소리가 고요를 채웠다. 은성이 커피잔을 내려놓자 중년의 여자가 물었다.

"어제는 잘 들어갔니?"

작은 식탁에 의자가 하나뿐이라 두 여자는 이인용 소파에 나란히 앉아 있었다.

"네."

은성은 입꼬리를 당겨 웃었다. 중년의 여자는 손수건으로 손에 묻은 빗물을 닦다가 텔레비전 쪽에 시선을 고정했다. 그리고 역시 손수건으로 코와 입을 막았다. 주오는 은성의 옆에서 여자의 시선을 쫓았다. 작은 구형 텔레비전 옆에 액자 하나가 놓여 있었다. 액자 속 사진에는 은성이 한 남자와 팔짱을 끼고 있었다. 주오의 마음은 비참함으로 무너졌다. 은성에게 누군가 있는 줄은 알지 못했다. 사진 속 남자는 이목구비가 뚜렷해 미남이라고 할 수 있었지만 어쩐지 청승맞은 느낌을 주었다. 은성은 그 옆에서 부끄러운 듯 미소 짓고 있었다.

"아무래도 걱정이 돼서. 어떻게 간 건가 싶고. 그래서 와본 거야."

중년의 여자를 바라보는 은성의 눈이 흔들렸다. 여자가 은성의 손을 붙잡았다.

"고맙다. 얘야. 네가 와줘서 정말 고마웠다. 우리

애 마지막 가는 길에…."

은성이 자신의 손을 겹쳐 올렸다. 여자는 다른 손으로 코와 입을 막은 손수건을 꽉 쥐었다.

"그 애가 십 년 만에 찾아와서 결혼한다고 했을 때, 그때 너도 봤어야 했는데. 죽어서도 옆에 있고 싶은 사람이라고 우리 수명이가 그랬는데. 남편이 뭐라고 내가 아무 말도 없이 너를 그렇게 그냥 보냈는지. 모자란 내가…."

은성의 눈에서 눈물이 흘렀다. 주오는 은성에게 다가갔다. 여자는 은성에게 미안하다며, 계속 무언가를 말했지만 은성은 할 말을 찾지 못한 듯 고개만 끄덕였다. 여자가 떠나고도 은성은 오랫동안 소파에 앉아 있었다. 액자를 보다가 눈을 꾹 감았다가 했다. 묽은 커피 두 잔은 내온 그대로 남아 있었다. 은성이 일어나 창문을 열었다. 빗소리가 세차게 집으로 들어왔다. 들이치는 비를 맞던 은성은 외출복 차림 그대로 침대에 누웠다. 주오는 차마 방 안에는 들어가지 못하고 문가에서 그녀의 등을 바라보기만 했다. 주오의 마음속에 비참함 대신 슬픔이 들어찼다. 은성은 사랑하는 이와 사별한 것이다.

이후로 주오는 은성의 집을 자주 찾으며 그녀에 대한 것들을 익혔다. 은성은 담요를 두르고 식탁에 앉아 밤새 그림을 그리곤 했다. 주오는 삐걱거리는 작은 식탁 대신 두 명이 앉아 그림을 그려도 넉넉할 테이블을 상상했다. 잘 먹지 않는 은성에게 해줄 요리들도 생각했다. 은성이 침실로 들어가면 작은 방에 앉아 풀지 않은 짐들을 살폈다. 은성을 찍은 사진이 많았다. 사별한 남편이 찍어준 모양이었다. 대학 때로 보이는 사진도 있었다. '중앙동아리 이매진'이라 쓰인 현판 옆에 선 독사진이었다. 빛바랜 사진 속의 은성은 지금과는 조금 다르게 웃고 있었다. 문득 어머니의 젊었을 적 사진이 떠올랐다. 그리고 죄책감 속에서 은성이 미래에 혼자가 아니기를 바랐다. 물소리가 들렸다. 그는 일어났다. 은성이 벗어둔 옷가지가 침대에 놓여 있었다. 천천히 욕실 문가로 다가갔다. 벽을 통과한 적은 없었다. 노파는 영이 점점 완전해질 거라고 했다. 믿음을 통해 언젠가는 그가 원하는 모든 일을 행할 수 있다고 눈물을 흘리며 말했다. 그는 발을 떼었다. 낡은 나무 문에 스스로를 맡겼다. 우주의 모든 사물은 그와 다름없으니 하나가 되지 않을 이유 또한 없다. 진실을 알려준 구덩이는 이제 신이다. 주오의 발이 문을 뚫고 들어갔다. 주오는 자신의 내부에서 또 다른 감각이 열리는 것을 느낄 수 있었다. 샤워기에서 떨어지는 물방울 하나하나가 분명하게 보였다. 물방울이 느릿하게 그녀의 목덜미를, 그 아래 등을, 둥근 언덕과 허벅지를 타고 흘러내렸다. 그는 자신이 그토록 원하는 것을 깨달았다.

주오는 그녀를 슬픔 속에서 건져 올릴 유일한 인간이었다. 그가 원하는 것이 비로소 모습을 드러낸 것이다. 그녀만이 그가 원하는 모든 것이었다. 주오는 은성을 위해 모든 것을 바치기로 결심했다.

주오는 매일같이 은성을 만나러 갔다. 그녀가 외로이 잠들지 않게 침대맡을 지켰다. 그녀는 가끔 무언가를 느끼는 듯 허공을 바라보곤 했다. 하루는 침대에 누워 있던 그녀가 갑자기 몸을 일으켰다. 주오의 얼굴 앞으로 그녀의 얼굴이 다가왔다. 그렇게 가까이서 은성의 얼굴을 본 건 처음이었다. 그 아래 가녀린 어깨에 저절로 손이 갔다. 은성이 말했다.

"여보. 당신이야?"

주오는 놀라 문가로 물러섰다. 그녀가 천천히 고

개를 돌려 방 안을 훑어보았다. 그리고 방문의 반대편인 창문을 보며 말했다. 여보. 수명 오빠. 주오는 은성에게 다시 한 발 다가섰다. 은성이 어깨를 움츠렸다. 두리번거리던 그녀가 뒤를 돌아보았다. 은성이 주오의 순수한 영혼을 볼 수 있을까. 그는 손을 들어 그녀의 얼굴로 가져갔다. 은성은 반응하지 않았다. 대신 양손으로 어깨를 매만지며 주오 옆을 지나쳤다. 주오는 부엌으로 가는 그녀를 뒤따랐다. 은성은 방으로 돌아와 자리에 눕더니 어깨까지 이불을 끌어 올렸다. 흐느끼는 소리가 들렸다. 조그만 등이 너무나도 가여웠다.

주오는 근 한 달 만에 드로잉 수업에 다시 나갔다. 그곳에는 조금 다른 모습의 은성이 있었다. 평소와 다르게 분을 바르고 입술을 붉게 칠한 모습이었다. 주오는 용기를 내어 인사가 아닌 말을 걸었다.

"얼굴이 좋아 보이세요."

"감사해요."

"좋은 일이 있으신가 봐요."

"아…."

은성이 수줍게 웃었다. 그녀의 생기있는 모습에 주오의 마음은 기쁨으로 벅차올랐다. 그녀는 죽은 남편이 자신을 잊지 않고 찾아왔다고 생각하고 있었다. 주오가 은성의 삶에 작은 위로가 되어준 것이다. 묵직한 쾌감이 그를 둘러쌌다. 그녀가 자신을 죽은 남편이라고 생각하는 것이 불쾌하지 않았다. 지금은 위로를 전해주는 것만으로 충분했다. 주오만이 아무도 모르는 그녀의 비밀을, 그녀의 외로움을 알고 있는 것이다. 그리하여 그만이 그녀를 구할 수 있었다. 어느 때는 침대에 모로 누운 은성의 뒤로 다가가 가만히 안아주었다. 그녀는 조금씩 흐느끼다 자신의 머리를 쓰다듬는 주오의 손길에 잠이 들곤 했다. 잠든 은성을 바라보며 주오는 생각했다. 그녀만이 그가 모르는 빛깔을 그의 인생에 칠해줄 여자이며, 완전함이라는 것을 느끼게 해줄 사람이라고. 주오는 반성했다. 나의 인생은 타인에 의해 완성된다. 사랑하는 사람이 생겼다는 것만으로도 주오는 희열에 차 웃을 수 있었고, 또 울 수 있었다.

　주오는 수업 마지막 날에 자신을 드러내리라 다짐했다. 부드럽고 조심스럽게 차 한잔을 권할 것이다. 그 전에 작별 인사를 해야 했다. 이제는 세상을 떠난 남편의 영혼이 더는 찾아오지 못한다는 것을 알려야 한다. 그는 어떤 방식으로 그 말을 전할지 고민하며 육체에서 빠져나왔다. 편지를 남기는 것은 어떨까. 다른 사랑이 널 찾아올 것이라고 알려주는 거야. 그녀와 함께하게 되면 천공 속으로 날아갈 일이 있을까. 신을 보게 된다면 그녀가 놀랄 텐데, 어떤 방식으로 알려주어야 할까. 그녀는 뭐든 이해해주겠지. 모든 것이 나의 사랑이었으니까.

그날따라 늦게 퇴근하게 된 주오는 자신의 방으로 부리나케 들어갔다. 성당 보육원의 저녁 식사 시간은 이미 끝나 있었다. 그는 은성의 집으로 갔다. 거실에 불이 켜져 있었지만 은성은 없었다. 일찍 잠이 든 걸까. 더 이상 순수한 본래의 모습으로는 오지 않을 거실과 부엌을 둘러보았다. 그러나 괜찮았다. 앞으로 주오는 은성과 함께 이곳에 있게 될 것이다. 주오는 조심스럽게 방 안으로 들어갔다. 방 안에도 역시 은성은 없었다. 대신 머리가 하얗게 센, 성직 칼라를 한 중년의 남자가 주오의 눈을 똑바로 바라보고 있었다.

2

누군가 서 있는데
나는 그 모습을 알아볼 수 없었다.
그러나 그 형상은 내 눈앞에 있었다.
— 욥기 4장 16절

달 없는 흐린 밤하늘 아래, 절박한 발소리가 텅
빈 성당을 울렸다. 한 여자가 고꾸라질 듯이 달려들
어 왔다. 깊은 밤까지 잠들지 못해 성당 주위를 거닐
던 이백하 신부는 사제관으로 돌아가기 위해 발길을
돌리다 멈춰 섰다. 본당 문 틈새 사이로 어둠이 그를

바라보고 있었다. 끼익 소리를 내며 성당에 들어서자 성수대부터 고해소까지 성기게 흩어진 모래가 보였다. 신부는 고해소에 들어가 자신의 자리에 앉았다. 문이 닫히는 소리를 따라 떨리는 목소리가 말했다.

"저는 잘못하지 않았어요."

정적이 흘렀다. 신부는 대답했다. 알고 있습니다. 여자의 얼굴이 그들 사이에 놓인 그물망으로 다가왔다.

"아시잖아요. 저는 힘들게 살아왔어요."

불분명한 얼굴의 형상이 그물망을 뚫을 것처럼 튀어나왔다. 곧 흐느끼는 소리와 함께 얼굴은 사라졌다. 여자가 말했다.

"신께서는 모든 것을 다 아시잖아요. 그렇지 않나요?"

신부는 자리에서 일어났다. 밖으로 나가 맞은편 방문을 열었다. 여자는 이제 엎드려 웅크리고 있었다. 굽은 등을 절대 펴지 않을 것처럼 스스로를 껴안고 있었다. 신부의 손이 등에 닿기 전에 여자는 얼굴을 들었다. 얼굴에 들러붙은 물방울이 그녀의 턱을 따라 떨어졌다. 여자는 자신을 일으키려는 팔을 붙잡았다. 삼촌. 그녀가 말했다.

"그가 돌아왔어요. 그 사람이 나에게 돌아왔어요."

＊

처음에는 검은 솜털인가 했다. 애기 고양이가 몸
을 말고 있나. 아이는 건드렸다. 투명해. 검은데. 문
득 무서워서 울었다. 막내 삼촌이 와서 안아주었다.
삼촌. 고것이 또 있었어. 근데 누가 오면 가버리나.
그런 건 꿈이란다. 잠들고 일어나면 없어지지. 삼촌
이 마루에 있는 이불을 가져왔다. 이불 귀찮다, 나
는! 떼를 부리다 삼촌의 무릎을 베고 잠들었다. 선
선한 바람이 자장가였다. 깨어나면 배까지 새 이불
을 덮고 있었다. 아부지. 이 이불 어서 난 거여? 똑
똑한 막내 삼촌이 사왔제. 삼촌 어딨대? 부엌에서
은성이 먹을 밥 하는데 왜. 기다려봐라. 삼촌이 해
준 밥을 퍼먹었다. 검은 솜털은 꿈속에서 아이 주변
을 맴돌았다. 아이 몸에 달라붙기도 했다. 날 좋아
하는 것 같애. 날 부르는 것 같애. 삼촌이 개꿈 꿨나
보네, 우리 막내. 이러고 놀려서 아버지한테 일렀다.
삼촌이 은성이 귀여워서 그라지. 근디 뭔 꿈을 꿨디
야? 아부지가 물으면 삼촌 뒤에 숨어서 비밀이라구
해! 하고 속삭였다. 아부지가 막내 삼촌만도 모대?

나 삐져분다. 킥킥. 아부지 웃겨! 근디 아부지 귀신이 있당가? 고건 삼촌한테 물어봐야제. 신부 되믄귀신도 잡는다. 진짜로? 삼촌은 헛웃음을 쳤다. 귀신이란 건 사람 마음속에 든 나쁜 생각들이야. 에이그람 재미없는디. 재밌으라구 신부 하나. 응. 내 재밌으라구 신부 해라. 다른 방 놔두고 은성이 자기 방이라 우기는 작은 방에 모여서 웃었다. 그 방은 작고 따뜻했다.

그 방에는 이제 아무도 없다. 가구도, 짐도 없다. 다른 방에도 아무도 없다. 삼십 년이 지난 지금, 은성은 일생을 살아온 집 안에 들어가지 못하고 대문앞에만 서 있었다. 뒤를 돌면 정겨운 풍경이 있다. 푸른 논밭과 형광 파랑, 주황 지붕을 인 단층집들. 더 걸으면 은성이 두 시간 전 소리 지르고 나온 면사무소가 있다. 은성은 오늘 일터에서 화를 냈다. 불처럼 끓어오르는 걸 뱉어냈다.

"니는 이미 망해서 죽을 날만 기다리제. 그러다죽으면 그만이제. 니 뒤지믄 누구 하나 슬퍼하나, 니같은 게 뒤져분다고, 니 같은 기!"

핏줄 선 눈으로 삿대질하는 은성에게 노인은 그

녀가 미쳤다면서 욕지거리를 했다. 직원들은 그들을 내버려두었다. 결국 노인이 도망치듯 문을 밀고 나가자, 동료 직원이 축 처진 입가로 씩씩거리는 은성에게 다가갔다.

"그래. 그렇게 기세등등하게 해야 안 건드리지. 근데 면장님 있을 때는 이럼 안 돼. 큰일 나."

은성은 눈을 비볐다. 소리를 쳤는데도 목이 메었다. 구경꾼들이 한꺼번에 수군대기 시작했다. 웅성거리는 소리 가운데서 그 말이 들렸다. 은성은 문 밖으로 뛰쳐나갔다.

동네에서 그녀가 인사를 하고 돌아서면 여지 없이 그 단어가 들렸다. 인사를 안 하고 지나쳐도 들렸다. 그 말을 하고 싶어서 참을 수 없다는 듯 몇 발자국 떼지도 않았는데 앞다투어 뱉었다. 어뜩하나, 저 나이에. 불쌍혀라, 박복하기가 참 그지없어. 팔자가 어찌 저래 사납다냐. 결혼했을 땐 예술 하는 남편이 바깥으로만 돈다고 더러운 소문을 퍼뜨린 치들이었다. 그러곤 앞에선 애를 가져야 남자가 안 도망간다고 훈계를 했다. 그때 또래 동료들은 왜 벌써 애를 가지냐고 대신 개를 키워보면 어떠냐고 했다. 그래

서 남편에게 물었을 때, 그가 뭐라 했었지? 은성이
가 강아지 같은데 웬 강아지를 키우냐며 웃어넘겼
다. 은성도 따라 웃었나? 기억나지 않았다. 과부. 그
말이 어찌나 듣기 싫은지. 거의 평생을 살아온 마을
이 치가 떨리도록 싫었다. 은성은 마음속에서 마을
의 온 집에 불을 질러버렸다. 한 가구도 안 남기고
몽땅.

　은성은 눈을 꾹 감고, 자기 집 문턱을 넘었다. 그
녀에게 주어진 두 번째 고요. 치가 떨리는 마을에서
도 가장 끔찍한 곳은 일생을 보낸 이 집이었다. 이곳
에서 아버지가 죽었고, 남편이 죽었다. 아버지가 영
영 떠났을 때, 자신의 등을 이유 없이 두드려줄 이는
아마도 죽을 때까지 없을지 모른다고 생각했다. 그
래도 할머니가 살아있을 땐 갈 곳이 있었다. 언제고
찾아가면 그녀를 무릎에 뉘어놓고 머리를 매만져주
던 할머니.

　"은성이 애기 아녀."

　할머니를 돌보러 매일 한 시간씩 운전해오는 첫
째 고모가 말해도 할머니는 손사래를 치며 은성의
이마를 쓸었다. 얼마 뒤 첫째 고모는 쇠약해진 고령

의 어머니를 자기 집으로 모셨고, 곁에서 임종을 지켰다.

그때 나타난 것이 남편 수명이었다. 함께 살 때 약속 하나만 지켜달라 했었는데, 그걸 어겼다. 그리하여 나무로 지어진, 넷이 살기에 충분했고 사람 둘이 살기엔 넉넉하고도 남는 오래된 시골집에 남은 것은 은성 하나였다. 은성은 방으로 들어가 이불을 깔았다. 누워서 눈을 감고 잠들어 세상에 등 돌려야지. 외투만 벗어둔 채 옷도 갈아입지 않고 이불을 머리끝까지 끌어올렸다. 적어도 이불 안은 좁으니까 고요가 들어올 공간이 없다. 서서히 숨이 막혀왔다. 은성은 이불 속에서 허물 벗듯이 기어 나왔다. 아무도 없다. 어릴 적부터 뛰고 뒹굴던, 아버지 정강이 붙잡고 놀던, 오빠 언니에게 미움받아 통곡하던 이곳에는. 등골에 오소소 소름이 돋았다. 섬찟한 느낌에 방 안에서 후다닥 달려 나왔다. 남편이 죽고 나서 집이 무서울 때가 있었다. 누군가 뒤에서 그녀의 머리카락을 쓰다듬는다거나, 목덜미를 톡톡 친다거나 하는 그런 상상이 일었다. 그러나 그럴 이가 누가 있겠는가? 마루에 앉았던 그녀는 다시 방문을 열었다. 이불이 볼록했다. 이불 속에 누군가 있었다. 누군가 웅크린 채로 숨어 있었다. 무슨 짓을 하려고? 은성은 방 문턱에 걸려 세게 넘어졌다. 아픈지도 모르고 한 손으로 이불을 확 들춰냈다. 아무도 없었다. 아까 그녀가 기어 나온 자리였다. 그녀를 찾아올 이는 귀신밖에 없는지도 몰랐다. 하지만 그 귀신이 기다리던 사람이라면? 아니야. 은성은 고개를 저었다. 나는 아무도 기다리지 않아.

은성은 커다란 여행 가방을 꺼냈다. 창고에 있던 걸 마당으로 질질 끌어와 마루 위에 놓았다. 옷가지들을 구겨 넣고, 드라이기, 비누, 샴푸도 넣었다. 지퍼가 녹슬어 움직이지 않았다. 오른손 검지에 푹 들어간 자국 하나가 생기고서야 가방을 잠글 수 있었다. 밤새 동이 트기를 기다렸다. 창백한 하늘을 바라보며 은성은 또다시 같은 밤을 보냈다는 것에 진저리를 쳤다. 짐을 싸서 떠나야지. 해만 뜨면, 지긋지긋한 이곳에서. 그러나 어디로? 내가 어디로 갈 수 있지?

막내 삼촌은 은성이 아버지를 잃은 뒤에 사제관 손님방을 은성의 것으로 비워두었다. 언제든 와서 쉬어라. 삼촌이 그렇게 말할 때마다 은성은 네, 라고 대답했다. 언젠가부터 속으로는 고개를 저었다. 아버지가 죽기 전에 막내 삼촌을 너무 귀찮게 하지 말라고 해서는 아니었다. 삼촌은 남편 수명과의 이혼을 권했었다. 사제가 신성한 혼인을 깨라고 먼저 말한 것이다. 절대 가지 않을 거야. 은성은 가방 손잡이를 손에서 놓았다. 집 문턱을 넘었다. 해가 뜨는 붉은 하늘을 따라 몇 시간을 걸었다. 물소리가 났다. 졸졸졸 끊임없이 흐르는 소리. 너넨 참 좋겠다, 갈 곳이 있어서! 발이 아팠다. 토막 난 나뭇조각 같았다. 손도 마찬가지였고, 가슴도 어깨도 마찬가지였다. 은성을 발견하자마자 기다렸다는 듯이 사제관으로 들인 건 그녀의 삼촌, 이백하 신부였다. 손님방에서 울 새 없이 잠들었다. 오르간 소리에 잠을 깬 건 저녁이 다 된 시각이었다. 미사 중인지 성가 소리가 들려 왔다. 소망과 염원이 담긴 노랫소리를 따라 밖으로 나갔다. 돌 사이를 흐르는 투명한 물 소리가 선명했다. 꿈이 아니다. 현실이다. 꿈과 현실을 구분할 수 있게 된 지는 오래되었다. 아주 어릴 적엔 구분할 줄 몰랐지만 지금은 알고 있다. 그것이 있으면 꿈이고, 그것이 없으면 현실이다. 지금은 그게 없다. 흐릿하고 동그란 검은 형체. 손을 넣으면 쑥하고 들어가 발도 몸통도 머리통도 넣을 수 있을 것만 같은 은성의 검은 구멍. 물론 꿈속에서만. 그러니까 이 모든 건 현실이다. 은성은 알고 있다.

"집은 냅두자. 은제 다시 갈지 몰릉께."

첫째 고모가 안쓰러워하는 표정으로 말했다. 은성은 삼촌과 첫째 고모의 도움을 받아 성당 건너편에 있는 빌라 한 채를 구했다. 집에서 더 가져올 건? 고모가 물었을 때 없어요, 라고 간신히 답했다. 면사무소에서 권하던 휴직계도 제출했다. 빌라에는 생활에 필요한 것들이 갖춰져 있었다. 침대, 소파, 세탁기. 살림에 필요한 집기만 조금 사면 될 것이었다. 대학교 때는 기숙사에서 살았고, 졸업 후엔 작은 월세방에서 살았다. 그러나 이곳은 그곳들과 달랐다. 그 방들은 집이 아니었으니까. 연학동 성모빌라 204호는 그녀에게 집이어야 했다. 마당이 없는, 좁고 조용한 네모 상자 같은 집. 고요와 적막이 덮치지 않는, 문득 찾아오는 공포에 떨지 않을 장소.

그러나 204호에 들어서자마자 은성은 자신을 뒤따라온 무언가를 느낄 수 있었다. 가스불에 물을 올렸다. 따뜻한 물은 정신 안정에 도움이 된다. 등 뒤에서 성가가 들려왔다. 주전자가 삐익 울었다. 찬양과 축복이 울려 퍼졌다. 노래는 꼭 하늘에서 내려오는 듯했다. 뜨거웠다. 이런! 주전자에 닿았던 은성의 손이 빨갛게 달아올랐다. 달아오른 피부를 찬물에 식혀야 했다. 그러나 가만히 서 있었다. 고요 가운데서. 어딜 가나 악은 있구나. 그것이 문제였다. 그녀의 악은 악하지 않았다. 그녀의 악은 고요였다. 누가 이렇게 만든 걸까, 현실을. 신성한 노래는 아무것도 아니었다. 그녀의 악에게 해줄 수 있는 건 아무것도 없었기 때문에. 그것이 있다면 참으로 좋을 텐데. 그녀는 꿈이길 원한 현실에서 알거나 알지 못하는 누군가를 원망하고 저주하며 주저앉았다. 태어났을 때로 돌아간 느낌이었다. 또다시 혼자 남겨졌다. 악의 세상에. 고요에.

지나가던 중이 아버지의 등에 업혀 손을 빠는 아기의 이름을 묻더니 구멍이 너무 많은 것이 마음에 걸린다며 시주통을 내밀었다. 아버지는 역정을 내고 중을 쫓아버렸다. 혹시 저주를 받은 걸까? 은성은 운천군 선곡면에서 살아온 농부 이운석의 늦둥이 막내딸이었다. 아버지는 몇십 리 너머에 있는 파도라도 와서 은성을 휩쓸어갈까 전전긍긍할 정도로 막내딸 사랑이 지극했다. 동네 사람들이 막냇자식에 미친 것이 아니냐고 한마디씩 할 정도였다. 아버지는 그런 말은 귓등에 앉히지도 않고 은성을 매일같이 업고 다녔다. 터울이 큰 오빠와 언니는 은성을 돌보지 않으려고 했다. 은성은 자신보다 훌쩍 큰 오빠와 언니를 쫓아다니려고 노력했다. 나도, 나도! 나도 데려가라고 외쳐도 그들은 매정하게 뒤돌아서 도망쳤다. 은성은 영문도 모른 채 대문 앞에 철퍼덕 넘어져 멀어져가는 그들의 꽁무니를 바라보며 훌쩍거렸다. 지나가던 동네 사람들은 귀엽다며 아이를 놀렸다.

"막내 운다. 막내 또 운다."

"아니여! 우는 거 아니여!"

은성은 소리치다가, 집에서 달려 나오는 아버지에게 덥석 업혀 그 등에 얼굴을 묻었다. 사람들은 그 모습을 보고 하하 호호 웃었다. 은성은 오른 눈만 내밀어 그들을 보았다. 웃다가도 서로 뭔가를 속삭이는 사람들. 얼마 지나지 않아 동네 사람들의 수군대는 소리를 알아들었다. 묻지도 않았는데 또래 아이들이 와서 슬그머니 귀띔해주는 일도 있었다. 예닐곱 살이 되자 오빠와 언니는 밥을 먹는 면전에 대고 말했다. 니 엄니, 니 버리고 도시로 도망간 겨. 고걸 무식한 아부지가 주워온 거여. 어린 여자가 꼬시니께 속은 기지. 둘 다 쓰레긴 겨. 고럼 너는 뭐겠어?

차라리 아버지에게 직접 묻고 싶었다. 그러나 정성으로 자신을 키우는 그 얼굴을 마주하면 차마 엄두가 나지 않았다. 대신 가끔 고향에 내려오는 막내 삼촌에게 살짝 티를 낸 적은 있었다.

"우리 은성이가 궁금한 것이 당연하지. 어머니가 보고 싶니?"

삼촌이 되물을 때면 은성은 괜히 아버지의 귀에 들어갈까 봐 고개를 저으며 부정했다. 내는 엄마 같은 건 관심 없어. 근디 우리 할무니 보믄 보고 싶을 때가 있는 것은 어쩔 수 없는가벼. 어쩌다 속을 드러냈을 때는 아버지한테는 말하지 말라고 슬쩍 부탁도 했다. 일찍이 총명하고 뛰어나 광역시 대학에서 공부를 한다는, 얼굴이 하얀 삼촌은 언제나 이해한

다는 듯 은성의 머리를 쓰다듬어 주었다. 그러면서
도 먼저 말해주지 않았다. 엄마는 뭣도 모르는 사람
들이 수군거릴 만한, 놀아주지도 않는 오빠와 언니
가 욕할 만한 사람이 아니라는 얘기는 해준 적이 없
었다.

유치원 버스에서 내리면 집 마루에 차려진 밥상
이 보였다. 마루에서 뒹굴며 밥을 다 먹고 나서는,
배추 농사짓는 아버지가 보이는 흙길에 쪼그려 앉
아 글씨 쓰고 그림을 그리며 놀았다. 선곡면의 자연
은 은성에게 벗들이 가득한 놀이터였다. 콧노래를
흥얼거리며 냇가에 가서 종이배를 띄우기도 했고,
물길 따라 앞으로 앞으로 뛰기도 했다. 아버지는 은
성에게 너무 멀리 가면 안 된다고 신신당부를 했다.
산길이나 냇물 따라 멀리까지 가면 혼이 날 줄 알라
고 했기 때문에 은성은 아버지가 점처럼이라도 보이
는 곳에서 놀았다. 한번은 오빠와 언니를 따라 뛰다
길을 잃은 적이 있었다. 유치원 간다고 아버지가 사
준 근사한 가방과 새 신을 신은 채였다. 느그는 애가
불쌍치도 않드나? 느덜은 어미 젖 먹고 크지 않았
든? 아버지의 호통에 오빠와 언니는 은성을 노려보

았다. 그들은 유치원에 다닌 적이 없었다. 노란 가방을 맨 자신을 바라보는 눈빛에 은성은 깨달았다. 나는 죽도록 미움받고 있다. 그래서 아버지 바지춤에 꼭 붙었다. 자신의 등을 어루만지는 따뜻한 손을 느꼈다. 우리 엄마는 엄청 예쁠 거야. 착하고 아름답고 아주 강해서 언젠가 돌아오면 다 내쫓아버릴걸. 아빠랑 나 빼고는 전부 다.

학교에 갈 나이가 되자 친구들을 사귈 거란 기대에 부풀었다. 오빠와 언니 따위는 더 이상 필요 없었다. 친구를 사귀어서 엄청 좋아해줘야지! 매일 매일 손 잡고 놀다가 하드도 까먹고 같이 토끼풀 팔찌도 만들어야겠다! 은성은 학교에서 잘 웃는 착한 아이였다. 쉬는 시간에는 반 친구들과 깔깔거리며 복도를 뛰어다녔다. 담임 선생은 은성에 대해 가끔 교칙을 익히지 못해 일으키는 실수를 빼면 학교생활에 문제없는, 배려심이 많은 순한 아이라고 기록했다.

은성은 집에 오면 잠에 곯아떨어졌다. 학교생활이 고단했다. 아이는 학교에서 누군가에게 미움받을까 봐 항상 불안했다. 누구든 은성을 보고 웃지 않으면 마음이 조급해져서 언제나 아이들과 선생의 눈치를 보곤 했다. 눈치도 티 내지 않고 보려고 곁눈질로 힐끔거렸다. 열 살 무렵, 그 속을 알아챈 동급생이 있었다. 구민정. 턱이 뾰족하고 머리카락이 긴 그 애는 항상 소문이 따라다니는 비밀스러운 애였다. 그 애는 소문 따위는 아랑곳하지 않는 듯 턱을 들고 당당히 복도를 걸어 다녔다. 구민정에게 함부로 하는 애는 아무도 없었다. 대신 은성에게 함부로 했다. 구민정이 경멸스러운 눈으로 은성을 바라보면, 은성은 혼자가 되었다. 구민정은 은성이 자신에 대한 루머를 퍼뜨린다는 소문을 내고 다녔다. 구민정이 교실에 없을 때 귓속말로 '나도 너랑 놀고 싶은데 민정이 때문에 안 돼.'라고 사과를 하는 애들도 점점 없어졌다. 은성은 혼자가 되는 게 싫었다. 그러나 그래서 그 애의 인형을 훔친 것은 아니었다. 이유 없는 제멋대로의 미움! 그것 때문에 그 애의 강아지 열쇠고리 인형을 3층 복도 모퉁이의 파란색 플라스틱 쓰레기통에 넣어놓은 것이 아니었다. 구민정 패거리는 인형을 찾아냈다. 반 아이들은 은성을 가리키며 자기들끼리 속삭였다. 몇몇은 정의롭게도 선생들 주변에서 수근거렸다.

종례가 끝나고, 은성은 구민정과 함께 교실에 남아야 했다. 담임 선생은 아이들에게 들은 얘기를 늘어놓았다. 맞지? 이은성. 얼른 사과해. 집에 늦게 가면 아버지가 걱정할 것이다. 하지만 구민정에게는 절대 사과하고 싶지 않았다. 어떻게 해야 집으로 갈 수 있을까?

머뭇거리는 은성과 민정을 마주 앉히고, 담임인 남자 선생은 자기 어릴 적 이야기를 했다. 우리 땐 말이지, 질이 나쁜 놈들이 많았어. 괴롭힌답시고 자기 가랑이 사이로 지나가라고 기게 했거든. 너흰 그 정돈 아니잖아? 선생은 은성과 구민정의 무릎을 꽉 쥐고 흔들었다. 은성은 맨 무릎과 허벅지 아래를 잡은 손에 놀라 사과하는 시늉을 했다. 미안해! (난 네가 말한 대로 네 욕을 한 적이 없고, 헛소문을 퍼뜨린 적도 없지만) 잘못했어! 라고 외치고 교실을 탈출했다.

둘은 버스 정류장까지 달렸다. 헉헉대며 달리기 시합할 때보다 더 빨리 뛰었다. 정류장에 도착해서야 서로를 바라봤다. 은성은 울어버리려다, 울면 멈춰지지 않을까 봐 참았다. 새파랗게 질린 얼굴로 계속 무릎과 허벅지만 털었다. 헛구역질을 했다. 아버지한테 말하지 못했다. 얼굴 하얀 막내 삼촌한테도 말하지 못했다. 방 안에 누워 혼자 앓았다. 그것이 보였으면 했다. 조그맣고 동그란 것. 은성에게만 나타나는 검은 구멍. 안쪽은 무지 진하고 깊지만, 가장자리로 갈수록 희미해지는 안개 같은 것. 어쩐지 점점 커지는 그것. 삼촌이 귀신이라던 것. 근데 귀신은 이 세상에 없으니까 꿈이야. 응? 뭐라고? 구멍 말이야, 나한테 말해주는 것 같아. 뭐든 해도 된다고, 내 볼을 쓰다듬네. 그래 꿈이니까 무슨 짓을 해도 괜찮을지 몰라! 질 나쁜 선생놈한테도, 그 나쁜 기지배한테도. 그 선생 손을 콱 물어버릴 걸. 강아지 열쇠고리 따위는 하수구에 던져버릴걸. 산짐승이 물어가서 갈기갈기 찢어버리게!

드로잉 수업에서 만난 그 남자는 꼭 은성에게 인사를 했다.

"안녕하세요."

다른 수강생들에게는 입구에서 목례만 하면서, 은성에게는 꼭 한 걸음 거리까지 다가와 눈을 맞추었고, 같은 줄에 앉았다. 은성은 수년 동안 몸에 밴 웃음을 꺼냈다. 네, 안녕하세요. 그 남자가 다른 곳으로 시선을 옮기면 은성의 입꼬리는 다시 제자리를 찾을 수 있었다.

몇 년 전, 삼촌의 소개로 미술치료를 받은 적이 있었다. 치료사는 은성이 그림에 소질이 있다면서 자신의 지인이 강의하는 도서관 프로그램을 알려주었다. 최근에도 삼촌은 수업에 꼭 가보라고 권했다. 마음을 치유하는데 도움이 될 거라고 했다.

그림을 그릴 때면 어릴 적 생각이 났다. 일하는 아버지를 찔끔찔끔 쳐다보며 넓은 흙바닥에 선을 그리던 때가 있었다. 새, 나무, 구름, 하늘, 나의 아버지. 드로잉 수업은 나쁘지 않았다. 다만 그 남자가 자신을 뚫어지게 쳐다볼 때마다 마음이 두근거렸다. 작고 기다란 눈을 가진 남자는 섬세하지만 왠지 모르게 집요한 느낌의 연필그림을 그렸다. 집 안이나 카페에 걸어놓아도 어울릴 그럴듯한 그림이었다. 강사는 그 남자, 남주오라는 사람의 그림이 중세의 목판화 같다며 칭찬했다. 그러나 은성에게는 빽빽한 선으로 그려진 풍경들이 어딘지 모르게 옹색하고 울적해 보였다. 남자는 그림을 그리다 가끔 은성을 힐끔거렸다. 기다란 눈에 숨은 동공이 어디를 향하고 있을까. 흰 종이에 색만 칠하는 내가 우스운 걸까? 눈이 마주치면 남자는 웃었다. 비웃는 걸까? 다른 이유라고 생각해보기도 했다. 매번 가까이 와서 인사하고, 그녀를 훔쳐보는 이유. 관심의 표현이라면 응해볼까도 싶었다. 그러면 쉬워 보인다고 뒷걸음질 칠까? 쓸데없는 생각이었다. 응할 건더기도 없는 것이, 어차피 남자는 말을 걸지 않았다. 쳐다보고 웃는 게 다였다. 그 웃음이 기쁘지 않았다. 따뜻하게 다가오지도, 마음을 녹여주지도 않았다. 오히려 남자의 그림처럼 꺼림칙했다.

남편 수명이 그대로 곁에 있었다면, 잘 알지도 못하는 한 남자 때문에 괜히 불안할 일은 없었을 것이다. 대학 시절, 은성은 수명과 수많은 낮과 밤을 보냈다. 정식으로 사귀자고 말한 적은 없어도 영혼의 짝이라고 여겼다. 얇은 홑꺼풀의 큰 눈이 따스하게 그녀를 바라볼 때면, 얼마나 귀가 뜨거웠는지. 그가 말도 없이 학교를 떠나버렸을 때는 학기 내내 혼란스러웠다. 나중에는 마음 한편에 낡지 않는 추억으로 간직하리라 생각했다. 그러나 고향 일터인 면사무소에서 이은성, 다정한 목소리로 부르는 자신의 이름을 들었을 때, 수명의 얼굴을 다시 마주하길 얼마나 고대했는지 깨달았다. 은성을 바라보며 웃는 유리같이 맑은 눈! 도시에서 다니던 출판사를 그만두고 고향에 돌아와 다시 공부하길 천만다행이었다.

수명은 학교를 떠나고 나서, 여기저기 여행하며 풍경들을 찍었다고 했다. 간혹 일도 한다고 했다. 그러고 지내다 은성이 선곡면에 산다는 것이 생각나 아는 사람을 통해 봉사 일을 덥석 물고 한번 와본 것인데, 정말 만날 줄은 몰랐다고 웃었다. 그날 영정 사진을 무료로 찍어주는 촬영 봉사 중에 작은 소란이 있었다. 매번 은성을 괴롭히던 노인이 또 그녀에게 막말을 하자 수명이 노인에게 한소리를 한 것이었다. 노인은 수명에게도 언성을 높이다 그를 밀쳤고, 결국 밖으로 끌려나갔다.

그날 이후 며칠 동안, 수명은 은성과 함께 지냈다. 얼마 후에 그는 사진을 찍으러 다시 떠났고, 또 다시 돌아와 은성과 함께 머물렀다. 이백하 신부는 성당에 걸음이 뜸한 은성에게 전화를 했다. 은성은 들뜬 목소리로 말했다.

"응. 저는 잘 지내고 있어요."

저는 괜찮아요! 아마도 아버지가 수명을 다시 보내주신 것이다. 가진 것 없더라도 심성이 곱고, 예술을 사랑하고, 아버지처럼 은성을 사랑하는 사람을. 이 세상 모두를 축복하는 삼촌도 그렇게 생각했다면 좋았겠지만, 삼촌은 천천히 조심스럽게 하기를 권할 뿐 기뻐하지 않았다. 오히려 수명에게 부모님은 어디 계신지, 어떻게 살아왔는지를 캐물어 은성의 맘을 불편하게 했다. 은성의 마음은 확고했다. 가슴이 따뜻하다 못해 활활 타오르는데 멈출 수 없었다. 삼촌 때문에 수명이 떠난다면! 그건 끔찍한 일이었다.

은성은 수명과 다시 만난 지 석 달 만에 그와 하객 없는 식을 올렸다. 결혼식 전날 밤, 은성은 수명을 안고 잠들었다. 그러다 잊어먹으면 큰일 날 것을 떠올린 듯 졸음을 이겨내고 말했다.

"항상 내 곁에 있어줘."

그녀의 말에 수명은 대답했다.

"죽어도 옆에 있을게."

아, 그것은 안 돼. 죽는 것은 절대로 안 돼. 이런

말을 하며 은성은 잠이 들었다. 절대로 그것만은 안 돼.

다행히 삼촌, 이백하 신부는 반대하지 않고 주례를 서주었다. 두 사람은 신의 가호 아래서 축복받았다. 첫 번째 고요는 그때 끝났다.

아, 그러나 지금 그는 사라졌고, 죽어버렸다. 돌이키려 노력하지 않아도 생생히 기억했다. 결혼하고 그는 예술을 위해, 인간에게 전할 가장 가치 있는 순간을 찍기 위해 그녀를 떠나곤 했다. 옆에 있겠다는 약속도 죽지 않겠다는 약속도 지키지 않았다. 살아 있을 적엔 돌아오긴 했다. 그러면 지금은? 죽어서는? 은성은 몸을 떨었다. 두려웠다. 왜 수명이 돌아온다는 생각만 하면 이토록 두려운지 알 수 없었다.

네 탓이 아니다. 그 말을 수없이 들었고, 또 입으로 말했다. 남편 수명이 사고를 당했다는 말을 들었을 때, 자신 때문에 그렇게 된 것이 아닌가 싶었다. 죽어버려. 애 다루듯 소중히 하는 그의 카메라 바디와 렌즈를 마당에 던져버리면서, 그렇게 말한 적이 있었다. 성모빌라로 이사온 후에 집에 놓아둔 남편의 사진과 액자들을 삼촌은 버리라고 했다. 은성은 그걸 상자에 넣어놓거나 액자에 넣고 눕혀놔도 없애지는 않았다. 수명이 살아 있을 때 한 번도 보지 못했던 시어머니는 가끔 은성을 찾아왔다. 은성 앞에서 고운 얼굴로 울었다. 올 때마다 그 얼굴은 점점 메말라갔다. 시어머니의 연락을 받은 날에는 꼭 액자를 꺼내 세워놓았다. 그것이 죄책감을 더는 은성만의 방식이었다.

혼자 잠들면 꿈을 꿨다. 보랏빛 숲에서 반짝이는 검은 구멍. 그 안으로 데굴데굴 굴러가는 몸이 있다. 두 개의 몸이다. 할 수 있어. 그것이 말했다. 내가? 그렇게 묻다가 깨면 어쩐지 수명이 귀신이라도 되어 빌라 안에 숨었을까 봐 불안했다. 그림을 그리다 자신을 바라보는, 눈이 기다란 의뭉스러운 남자보다도 그게 더 두려웠다. 드로잉 수업이 끝나자 은성은 집까지 빠른 걸음으로 걸었다. 집 앞에 한참 서 있다가 성당으로 발길을 돌렸다. 두 번째 고요를 등지고 걸었다.

미사가 없는 금요일 저녁에도 성당엔 불이 켜져 있었다. 누구라도 들어올 수 있는 담도 문도 없는 곳이다. 보육원에도, 본당 뒤 사제관에도 불이 밝았다.

85

아이들 웃는 소리가 들려왔다. 갓난아기 우는 소리
도 들렸다. 하지만 보육원에 갓난쟁이들은 없을 텐
데. 은성이 종종걸음으로 개천을 건너가는데 성당
입구에서 누군가가 걸어나왔다. 허름한 옷차림의 나
이 든 남자였다. 고개를 숙인 채 발을 질질 끌며, 성
당으로 향하는 은성 쪽으로 걸어오고 있었다. 은성
은 가로등을 따라 발소리를 죽이며 걸었다. 벌써 가
을이 오는 건지 저녁 시간인데 하늘이 환하지 않았
다. 남자와의 거리가 다섯 걸음도 남지 않았을 때,
남자는 휘청거리더니 한 옆으로 쓰러졌다. 은성은
멈춰 섰다. 괜찮으세요? 물어야 할까? 이 어두운 거
리에 나 혼자 있는데? 삼촌을 불러야 하나? 망설이
는 사이 남자와 눈이 마주쳤다. 무엇 때문인지 남자
가 눈을 크게 뜨고 입을 벌리고 있었다. 그리고 신
음을 내질렀다. 흙바닥을 짚고 일어나 은성에게 다
가왔다. 네? 남자는 누군가를 부르는 것 같았다. 도
망쳐야 해. 은성은 자신은 아니라는 표시로 고개를
흔들었다. 남자의 가무잡잡한 얼굴에 눈물이 흘러
내렸다. 남자가 말했다.

"내가 진정 죽을 날이 왔나 보구나."

남자는 절을 하듯 엎드렸다. 언뜻 누이라는 말이 들린 것 같았다. 은성은 남자를 지나쳐 불빛이 어른거리는 성당으로 들어섰다. 뒤를 돌아보았다. 어둠 속으로 사라지는 남자의 뒷모습이 보였다. 나를 누구와 착각한 걸까? 나와 닮은 사람이라면?

"왔니?"

인자한 미소가 은성을 반겼다. 머리가 하얗게 센 나의 막내 삼촌. 내 아버지의 막냇동생. 오십도 안 돼서 백발이 된 건 이름에 백자가 들어가서 그런 거라고 우스갯소리로 말했었다.

"찬 바람이 부는구나."

삼촌이 내준 뜨거운 차를 마시며 은성은 몸을 녹였다. 안으로 들어오니 밖이 쌀쌀했나 싶었다.

"그림은 그릴만 하니?"

"네."

"다행이구나."

잠시 생각에 빠져 있던 은성이 삼촌에게 물었다.

"밖에서 어떤 사람을 봤어요. 남잔데, 노숙자는 아닌 것 같고…."

"정 신부님을 본 모양이구나."

옛 스승이라고 했다. 오래 전에 신학교에서 가르침을 받았지만, 지금은 교회를 아예 떠나 산다고 했다.

"그럼 지금은 스승이 아닌가요?"

삼촌은 아무 말 없이 미소 지었다. 아니란 뜻이다. 아니면, 스승이지만 스승이 아니었으면 한다는 뜻일까.

"나한테 말을 걸었어요. 날 누구와 착각하는 것 같았는데."

삼촌은 이상하다는 듯 그럴 리가 없다고 말했다.

"은성이 네 말대로 착각을 했겠지. 예전엔 총기가 남다르고 강직한 분이었지만…."

삼촌은 말을 멈췄다. 말을 고르고 있었다. 이제는 많이 지쳐버린 사람이란다. 너와는 상관없으니 신경 쓰지 말렴. 은성은 문득 궁금했다. 누구와 자신을 헷갈렸는지. 아까 도망치지 말고 정 신부라는 남자를 붙잡고 물어볼 걸 그랬나 싶었지만 역시 무서웠을 것 같았다.

"아직도 그분에게서 연락이 오니?"

"네."

삼촌은 수명의 모친을 '그분'이라 불렀다. 시어머니는 얼마 전에 은성에게 전화해서 수명의 첫 번째 기일에 와달라고 부탁했다. 수명이 계속 꿈에 나와 자신을 꺼내달라고 한다면서, 이승을 떠나지 못하는 망자를 저승길로 인도하는 굿을 할 거라고 했다. 생전에 수명은 굿이나 점괘에 관한 거라면 무엇이든지 싫어했다. 자기 어머니가 미신을 좋아한다고 질색하며 말한 적도 있었다.

　"가고 싶니?"

　삼촌이 물었다. 네가 원하지 않으면 가지 않아도 돼. 그리고 연락도 받지 않아도 된단다. 수명과 혼인할 적이 떠올랐다. 짝을 찾았다는 은성에게 삼촌은 말했었다. 신중하게, 정말 네가 원하는 일인지 고민하렴. 혼인을 깰 때만큼은 그런 말을 하지 않았다. 단호한 태도로 이혼이란 말을 꺼냈었다. 삼촌은 은성을 잘 모르는 것 같았다. 피 한 방울 안 섞인 신자들 마음은 잘 알아 달래주면서 은성이 원하는 것은 하나도 몰랐다. 은성은 생각했다.

　나는 가길 원하나? 그곳에 가서 수명과 다시 마주하길 원하나? 다시 보고 싶은가?

삼촌이 다시 묻고 있었다. 은성은 고개를 끄덕였다. 끄덕여야 할 것 같았다. 시어머니는 안부를 핑계로 자주 전화를 걸어 애절한 목소리로 굿 얘기를 했다. 죽은 남편 첫 번째 기일에 가고 싶지 않다면 나는 어떤 인간이 되는 걸까. 삼촌은 말없이 은성의 어깨를 쓸어주었다. 치워! 눈물이 날 것 같았다.

"삼촌. 나 어릴 적에….."

"참 귀여웠지."

입을 앙다물었다. 내 어릴 적을 기억해주는 사람.

"그런 게 아니라, 나한테 귀신이 보이면 꿈이라고 했잖아요. 기억나요?"

삼촌은 미간을 좁히며 무슨 말인지 기억해내려고 했다.

"왜, 내가 검은 솜털 같은 게 날 따라다닌다고 울었더니 삼촌이 나 안아주면서, 그런 건 없다고 무서운 건 다 꿈이라고."

"은성아, 그런 걸 기억하니?"

잊고 있던 추억을 건져 올린 듯 삼촌은 미소 지었다. 그래, 그랬었구나. 네가 하도 겁이 많아서 그랬지.

"설마 아직도 그런 꿈을 꾸니?"

망설였다. 가슴이 답답하고 손이 차가워지려고 했다. 발도 시리고 얼굴의 핏기가 빠지는 기분이었다. 아니요! 삼십도 훌쩍 넘은 어른인 내가 그럴 리가요. 그냥 요새 어릴 적 생각이 나서. 얼버무렸다.

"맘 약해서 걱정이었는데 우리 은성이 참 씩씩하게 잘 컸지. 형님이 봤으면 얼마나 기특해했을까."

은성은 웃고 말았다. 잔을 비우고 일어섰다. 삼촌이 손님방에서 자고 가도 된다고 했지만, 사양했다. 엎어지면 코 닿을 거린데요, 뭐. 백발의 신부는 성당 앞까지 배웅을 나와 손을 흔들었다.

그런 걸 아직도 기억하니? 네! 라고 대답할 수 있었다면. 은성은 어른이 되고 싶었다. 태연히 아무렇지 않은 척 사는, 두려움을 망각하며 살 수 있는, 현실에 잠겨버린, 꿈 따위는 머릿속 가장 깊은 곳에 묻어두고 꺼낼 여유조차 없는 현실에 파묻힌 인간이 되고 싶었다. 그러나 스스로가 그런 인간다운 인간이 되기엔 너무 모자란다는 것을, 태어날 때부터 세상의 가장자리에 위태로이 선 인간이라는 것을 이미 알고 있었다. 애써 외면하려고 했지만, 그 애구민정은 알아봤다. 비웃고 경멸하며 다른 사람들에게도 알려주고 싶어 했다. 아직도 꿈에 나와 은성을 부르는 기지배. 남자 선생에게 무릎을 잡힌 날, 나쁜 기지배와 은성은 전속력으로 질주했다. 정류장에 버스가 도착했지만 그것과 상관없이 둘은 앞으로만 달렸다. 여전히 쫓기는 것처럼, 무릎을 쥐러 타닥타닥 손가락이 따라오는 것처럼. 잡히면 절대 안 되기 때문에, 가슴이 타들어가 죽을 것 같아서 달렸다.

"야!"

은성을 멈춰 세운 건 구민정이었다. 더러운 비밀을 함께 품고 가야 하는 나쁜 구민정. 구민정은 숨을 몰아쉬다 대뜸 은성에게 물었다.

"니 맞제? 니가 내 귀신 들렸다 했다매."

헐떡이는 심장으로 말했다.

"아녀."

"우기긴. 맞잖어."

"아녀!"

어디서 용기가 났는지 은성은 신발주머니로 민정의 머리를 내리쳤다. 민정이 눈을 치켜뜨더니 신발

주머니를 자기 쪽으로 세게 당겼다. 그 바람에 엎어진 은성을 깔아뭉개고 위에 올라타 뺨을 때렸다. 손을 뻗어 민정의 까만 머리를 쥐고 당겼다. 민정이 비명을 내지르며 손바닥으로 은성의 옆머리를 내리쳤다. 둘은 동시에 바닥에 나뒹굴었다.

"니 진짜 귀신 보여줘?"

"우리 삼촌이 귀신은 없다 했어."

"아. 신부 된다는 고 삼촌? 그짓말이지. 신부는 아 그들한테 그짓말하거든. 신이 어딨다카나?"

은성이 일어나 민정의 옷깃을 세게 잡아 쥐었다.

"귀신 있다니께. 그짓말 아니고 진짜여, 진짜!"

"아니믄 어쩔래?"

침을 꿀꺽 삼켰다.

"소원 들어주께."

"귀신은 없어."

"그니까 내기허자구. 귀신 없으면 내가 니 소원 들어주께. 됐냐?"

구민정은 한쪽 입꼬리를 올리며 치! 하고 맨날 누구 눈치를 그렇게 보느냐고 했다. 은성은 말했다.

"니 꼭 약속 지켜라."

구민정은 마을이 아니라 산 쪽으로 걸었다. 아버지가 저 멀리 있는 산에 가지 말라고 신신당부를 했었다. 은성이 사는 선학리에서 더 북쪽으로 들어가면 깊은 산골이고 그곳엔 이제 아무도 살지 않는다고, 사람 잡아먹는 귀신들이 있는 위험한 곳이라 했다. 아이들을 겁주려고 만든 소문이겠지만 굳이 아버지 말을 거스르고 싶지 않았다. 은성의 걸음이 느려지자, 민정이 비웃는 말투로 말했다.

"밤에 가믄 귀신이 니 잡아먹어불건디, 그려도 갠찮냐? 해지기 전에 가야 보구 후딱 도망 오제. 니 죽구 싶냐?"

그 말에 은성은 민정을 지나쳤다. 무슨 꿍꿍인지 몰라도 끝까지 우겨대면, 또 한 대 쳐주리라고 생각했다. 한번 대들고 나니 어렵지 않았다. 소원으로 빌 것은 생각해놓았다. 자기 입으로 자신이 거짓말쟁이란 걸 실토하게 만들어야지. 어떻게 밝히든 구민정의 얼굴빛이 붉게 물들어 고함치는 모양을 보고야 말 것이다. 다리가 아파질 때쯤 둘 앞에 낡은 집 한 채가 나타났다. 유리창은 깨져 있었고, 집 안에는 썩어가는 물건들이 널브러져 있었다. 사람 사는 집이라기보다는 창고 같았는데, 옆쪽에 그런 건물이 나란히 두 채 더 있었다.

"일루 와봐야!"

구민정이 산비탈에서 은성을 불렀다. 흙길에 사람의 발이 닿은 흔적이 있었다. 민정을 따라 비탈길을 올랐다. 단풍이 든 나무들 사이를 가로질렀다. 새빨갛게 물든 이파리들이 하나둘 어깨에 발치에 떨어졌다. 땅에서 자라난 수풀도 노랗고 빨갛게 물들어가고 있었다. 동네 뒷산과 별 다를 바 없었다. 얼마 가지 않았는데 별일 없이 산등성이에 오른 걸 보면 그랬다. 구민정의 손이 은성의 어깨를 꾹 눌렀다.

"숙여, 얼른!"

이런 데가 바로 애들끼리 무서운 것 보러 간다고 쑥덕대던 곳인가 싶었다. 은성은 그런 놀이에 끼지 못하기 때문에 몰랐던 것이다. 유치한 것들. 민정이 시키는 대로 하기 싫어 대충 쭈그려 앉았다. 산 아래에 집 한 채가 있었다. 반대편 아래에서 본 창고 같은 건물과 닮았지만 굴뚝도 있고, 아궁이도 있는 게 사람이 살던 집 같았다. 그 집 뒤로 마을이 내려다보였다. 서로 비슷하게 생긴 집들이 길을 따라 늘어서 있었고, 천을 두른 큰 나무도 보였다. 사람은 없었다. 개 짖는 소리도, 새가 우는 소리도 없는 이상한 곳이었다. 구민정은 산 아래 집을 가리켰다.

"저그 귀신 산다."

멍청하긴. 귀신은 살 수 없어. 죽었으니까. 의기양양한 낯짝에 대고 대꾸하려는데, 민정이 이어 말했다.

"기둘려. 머리카락이 발등까지 내려오는 귀신이 나올 텐께. 분명히 봤그든, 나가. 니는 소원 들어줄 준비나 해라."

"삼십 분 만이여. 안 그럼 그짓말인 거여."

"웃겨쓰겄네. 그래부러라."

민정이 은성의 손목을 잡아당기는 바람에 은성도 엎드린 꼴이 되었다.

"야!"

"닌 거 다 알어. 내 소문낸 거."

우스웠다. 구민정에 대한 소문은 은성이 낸 게 아니었다. 낼 것도 없는 것이 이미 학교 애들 모두가 알고 있는 이야기였다. 자기 입으로 만들어내고 퍼뜨린 유언비어니까. 비밀이라며 애들한테 속닥거리는 걸 은성은 엿들었을 뿐이다.

"그거 진짜여. 내 옆엔 갸가 항상 있어."

민정이 으스댔다. 오직 자신만이 잔혹하고 진실된 비밀을 품을 수 있다는 듯 눈을 반짝거렸다. 소문이란 건, 구민정이 태어날 때 같이 태어나야 했던 쌍둥이 동생이 죽었는데 그 애가 아직 구민정 옆에 귀신처럼 남아 있다는 얘기였다.

"엄니 아부지는 내 사진 안 찍어. 찍으믄 내 옆에 갸 얼굴도 나오거든. 그래서 나가 소풍을 못 가는 겨. 단체 사진 찍었는디 내 옆에 갸 얼굴이 나오면 어떡혀? 저번엔 침대에서 떨어져서 손구락을 다쳤그든. 병원에 가서 엑스레이를 찍었는디 내 손 옆에 다른 손이 또 있었어. 갸도 같이 찍은 겨."

"진짜로?"

어. 구민정은 비밀의 무게에 지쳐버린 가련한 주인공의 표정으로 코를 훌쩍이며 손장난을 쳤다. 그려. 니가 어찌 알았는지 모르겄지만, 가끔 난 내가 아녀. 그 애여. 빙의 같은 걸까 싶어. 그 애는 귀신으로 돌아다니다 내 몸속에 들어오고 근당께. 글고 들어올 땐 내가 하는 말을 따라 혀. 그건 나한테만 들려. 들려. 이렇게. 이렇게.

"닌 그 애가 무섭지 않은가?"

은성이 물었다. 안 무서. 무서. 연기일까. 말꼬리를 반복하는 구민정의 얼굴이 무표정했다. 그 애는 또 다른 나니까. 나니까. 민정의 입술이 오므라들었다. 빨간 입술에 진 자글자글한 주름이 한층 더 쪼그라들었다. 민정이 가까이 다가왔다. 은성의 귀에 입술을 바짝 대고 속삭였다. 사실 무서워야. 그 앤 너무 나빠서 못써. 사람을 죽일지도 몰러. 쇳소리가 새어 나왔다. 가끔은 그 애가 나인 척하는 거여. 그때 난 귀신일 수밖에 없어. 지금처럼.

"꺄악!"

은성은 수풀 위에 엉덩방아를 찧었다. 민정이 은성의 어깨를 세게 밀어버린 것이다. 이파리와 가지들이 은성의 얼굴로 달려들었다. 따끔한 감각과 함께 비열한 웃음소리가 들려왔다. 이은성 진짜 웃겨야. 얼굴 봐라. 완전 바보여. 민정이 흙바닥에 뒹굴면서 비웃었다. 은성은 얼굴에 들러붙은 이파리와 흙을 털어냈다.

"그짓말쟁이."

민정이 발끈했다.

"아니여! 진짜여. 우리 엄니한테 물어봐. 나 낳을 때 쌍둥이 동상 있었는가 없었는가!"

"그짓말 치시겠제. 그니까 니도 뻥쟁인 거 아녀!"

"니 엄니는 니 버리고 도망 안 갔냐! 그른 주제에 뭔 지랄이여."

은성은 말문이 막혔다. 니 아부지도 친아부지 아니래매. 동네 아지매들이 그르는데 니 버려진 걸 주워 왔대. 민정이 팔자 눈썹을 하고 눈코입을 꿈틀대며 과장된 표정으로 울상을 지었다. 불쌍혀라. 은성이. 가여워라. 그리고 깔깔 웃었다. 은성은 구연동화라도 하듯 연기하는 그 애의 배를 발로 밀어버렸다. 민정의 몸이 뒤로 넘어가고, 웃음소리가 비명으로 바뀌었다. 데굴데굴, 데굴데굴. 나뭇잎 뭉개지는 소리가 났다. 그리고 조용했다. 내가 무슨 짓을 한 거지? 숨을 몰아쉬던 은성은 비탈을 넘어지고 구르며 아래로 내려갔다. 민정은 쓰러져 있었다. 그리고 그 뒤에 그것이 있었다.

붉은색에 푸른 기운이 섞인 이파리들 사이로 보이는 커다란 구멍. 강한 존재감을 드러내는 보랏빛 동굴. 그 안은 보이지 않았다. 해가 지지 않았는데

안쪽이 컴컴했다. 우물일까. 안으로 발들이면 어떻게 될까. 묘한 기시감이 은성의 머리를 스쳐 지나갔다. 왠지 무섭지 않았다. 쓰러졌던 민정이 손으로 바닥을 짚으며 몸을 반쯤 일으켰다. 일어서려다가 고통스러운 듯 신음을 냈다. 민정이 앉은 곳에서 커다란 구멍까지 얕은 경사가 있었다. 민정을 그 안으로 굴려 보낼 수 있을 것 같았다. 구멍의 크기도 민정이 들어가기에 충분했다. 팔 다리 손발을 전부 쫙 피면 가장자리에 걸리려나. 그런 생각을 하는데 민정이 은성을 불렀다. 나 발목이 아퍼. 은성은 민정을 부축해 일으켜세웠다. 발목을 심하게 삐었는지 잠시도 서 있지 못했다. 민정은 다시 내팽개쳐졌다.

구민정이 울었다.

"아퍼. 다 니 때문이여!"

이번엔 은성이 무표정한 얼굴로 말했다.

"솔직하게 말혀. 니 그짓말 친 거지?"

"아녀!"

"그짓말쟁이야, 넌."

"니가 그짓말쟁이여. 니 엄니, 아부지, 삼촌 다. 니 아부지가 니 엄니 미쳐서 니 낳고 내뻰 건 얘기 안

해주드나? 삼촌은? 넌 아무것도 몰러."

구민정은 은성이 얼굴도 모르고 목소리도 들어본
적 없는 엄마를 욕하다가, 아빠를 욕했다. 우리 아부
지? 우리 아부지가 얼마나 나를 사랑하는데! 얼마나
좋은 사람인데! 은성은 지지 않고 소리쳤다. 왜냐하
면 지지 않아도 되니까! 크게 화가 나지도 않았다. 민
정의 헛소리보다 커다란 구멍에 온 마음을 빼앗겼다.
난 저걸 알고 있어. 분명 본 적 있어. 아까까지 내 옆
에서 날 따라다녔으니까. 은성은 구멍을 향해 한 발
한 발 걸어갔다. 은성의 무릎에 민정의 어깨가 닿았
다. 민정이 은성을 올려다보았다. 무릎에 힘을 주었
다. 민정이 아파하다 구덩이 쪽으로 엎어졌다. 발등
으로 민정을 들어 올렸다가 뒤집었다. 그 애가 한 번
굴렀다. 민정은 은성 쪽으로 가려고 팔을 허우적대
며 몸을 시곗바늘처럼 회전했다. 맞아! 이 거대한 구
멍은 귀신이었다. 은성의 꿈에만 나타나는 검은 구멍
귀신. 은성은 무릎을 들어 올렸다. 몸을 일으키는 구
민정의 엉덩이를 발로 차버렸다. 이럴 수가! 구민정
은 구멍 속으로 던져졌다. 역시 비어 있지 않았어. 은
성이 맞았다. 구멍은 구민정을 먹고 있었다. 구민정

의 얼굴이, 어깨가 꿀렁대는 구덩이 속으로 천천히 빨려 들어갔다. 얼굴 없이 허우적대는 팔과 버둥대는 다리. 몸부림치는 몸. 두 개겠네. 구민정과 동생. 퍼뜩 정신이 났다. 은성은 민정에게 다가갔다. 구멍에서 빼주어야 했다. 하지만 왜? 발광하는 구민정의 발에 얼굴을 맞았다. 잡아먹지 마! 왜? 팔도 사라졌다. 꿀꺽꿀꺽 삼키는 것처럼 어둠이 울렁거렸다. 잡아먹으면 안 돼. 왜? 어쩌면 신나서 발을 구르는 걸 수도 있지! 그리고 구멍 귀신이 같이 있으니까 괜찮아. 어차피 이건 꿈이었다. 구멍은 내 꺼니까 괜찮아. 이렇게 큰 줄 몰랐는데, 굉장해. 가슴이 벅차올랐다. 못된 애였으니까 이렇게 할 수 있지! 뒤에서 문이 열리는 소리가 들렸다. 끼이익. 저 집에 누군가 있었어. 구민정이 귀신 나온다던 집에. 난 봤어. 내게 팔을 뻗었어. 머리카락이 정말 길었어. 하지만 아무래도 상관없어. 삼촌이 귀신이 보이면 꿈이라 했기 때문에.

삼촌! 신부님! 알고 있어요. 그게 꿈이라는 걸. 그래서 나는 그렇게 할 수 있었나 봐요.

남편은 1년 전, 외딴 산에서 죽었다. 선곡면에서 가장 외진 북쪽 산에서 발견되었다고 했다. 그날의 전화벨 소리는 유난히 선명했고, 끊임없이 울렸다. 이수명 씨 배우자 되시죠? 네, 라고 대답했지만 속에선 아니요! 라는 말이 메아리쳤다. 더는 아니고 싶어요! 나를 항상 꼬리나 살랑거리는 어린 개 취급을 하고, 일 년에 반은 밖으로 싸돌아다녔죠. 약속을 지키지 않았답니다. 곁에 있겠다던 약속은 은성이 그리움으로 인한 정신 쇠약으로 쓰러지고 나서야 지켰다. 그게 문제였을까, 남편은 더는 다정한 연인이 아니었다. 멀리 떠나지 못하니 마을을 둘러싼 산자락으로 출사를 나가곤 했는데, 어떤 날은 밤늦게 술 냄새를 풍기며 들어왔다. 혼인할 때 은성은 함께 살 집도 있으니 사진 작업에 집중하라고 말했었다. 그땐 진심으로 그렇게 생각했다. 그래서 사진 찍으러 여행 가기 좋으라고, 일하기 편하라고 도시로 나가자 했더니, 거기서 자기가 무슨 일을 하냐며 이마에 핏대를 세웠다. 별 것 아닌 일로도 자주 화를 냈다. 남편이 밤에 자주 집을 나가기 시작하자 마을 아낙들이 수군거리며 손가락질을 했다. 그걸 쫓아가 멱살잡이할 즘에 삼촌이 은성을 찾아왔다. 자꾸 물었다. 잘 있니. 힘들지 않니. 사이는 어떠니. 마을 사람들이 뒷담화를 하는 것을 들었겠거니 싶었는데, 남들은 모를 사정까지 언뜻언뜻 건넸다. 수명이 삼촌에게 모든 얘기를 일러바친 것이었다. 은성한테 하지 않은 속 얘기까지 속속들이 전하면서, 삼촌을 통해 은성을 설득하려고 한 것이다.

왜 내게는 말하지 않았어? 차마 묻지 못했던 말을 꿈속에서는 할 수 있었다. 그 장소는 꿈속에만 있는 곳이고, 그녀의 구멍 귀신은 꿈에서 살고 있으니까.

수명의 어머니는 검은색 고급 세단을 타고 은성을 데리러 왔다. 검은 옷과 신발을 갖춰 입은 은성이 차에 올라탔다. 고맙다, 얘야. 네. 시어머니는 계속 눈물을 훔쳤다. 은성은 자신이 왜 우는지 모른 채 따라 눈물을 흘렸다. 애가 계속 나를 부르지 뭐니. 어머니, 저 좀 여기서 꺼내주세요. 얼마나 가슴이 철렁했는지. 유명한 무녀님을 불렀으니, 이제 떠날 수 있을 거야.

차는 은성과 수명이 살았던 선학리를 지나갔다. 시어머니는 손수건을 꺼내 입에 갖다 대고, 민망한 듯 웃음 지었다. 수명은 왜 이 상냥한 어머니와 연을 끊을 생각을 했을까. 은성의 엄마도 이처럼 친절하고 고왔을까. 검정 세단이 덜컹거렸다. 사람이 살지 않는 듯한 인적이 없는 곳으로 들어가고 있었다. 오래된 빈집만이 드문드문 모습을 드러냈다. 그곳의 주인은 천장까지 자라다 고개가 꺾인 수풀과 덩굴이었다. 깨진 유리창 사이를 통과해 뱀이 기어가듯 자라난 나무들이 자유로워 보였다. 은성은 뒤를 돌아보았다. 자신이 차를 타고 지나온 길. 마을 이름이 새겨진 두 동강 난 석판. 그 주변에 떨어진 돌 부스러기.

"왜 그러니?"

은성은 고개를 절레절레 저었다. 차가 급정거하며 멈춰 섰다. 붉은 한복에 흰 두루마기를 걸친 무당과 잘 차려진 굿상이 보였다. 장구를 잡은 사람은 경을 외듯 노래하고 있었다.

"신령님들 부르는 거야. 부정 물려달라고."

시어머니는 손수건으로 눈가를 누르며 걸어갔다. 산은 단풍으로 물들어 있었다. 나무가 자신을 태워 피

워낸 붉은 이파리들이 너울너울 떨어져 흙을 덮었다.

오색천 두른 나무 아래에 무녀의 노랫가락과 장구 소리, 징 소리가 울려 퍼졌다. 무당은 춤을 추며 망자와 저승의 사자들을 불렀다. 칼날을 잡고 다리처럼 기다란 베를 갈랐다. 여기야. 누군가 속삭였다. 은성은 두리번거렸다. 아는 목소리였다. 외딴 산속에서 누군가 은성을 부르고 있었다. 산을 뒤덮은 붉은 풍경. 위에서 내려다본 흉가. 낙엽 위로 굴러떨어지는 몸. 몸들. 두 개의 몸. 하나는 크고, 하나는 보다 작고 가볍고. 상관없이 두 개의 몸 모두 나쁘다. 여기야. 소리가 다시 손짓했다.

"수명아!"

수명의 어머니가 무녀에게 소리쳤다. 아니면 수명에게 소리치고 있는 걸까? 여기라니까. 이리 와. 은성은 소리를 따라갔다. 장구 소리가 작아졌다. 수명의 이름을 부르는 목소리도 멀어졌고, 하늘은 높아졌다. 가자. 가자. 꿈속의 나라로? 가자. 저기잖아. 머리카락이 발등까지 내려오는 귀신이 산다던 그 집.

노랗고 빨간 수풀, 높고 늙은 나무들. 해를 바라보듯 깊은 숲으로 고개를 돌린 보랏빛 식물들. 그것들의 총애를 받는 깊숙하고 아득한 구멍. 그것이 지금 은성의 눈앞에 있었다.

왜 내게는 말하지 않았어? 그렇게 묻는 게 왜 그토록 어려웠을까. 그날도 수명은 질렸다는 표정으로 집을 나갔다. 은성은 수명의 뒤를 쫓았다. 난 왜 인간들 뒤꽁무니만 따라다니는 걸까. 억울했다. 사진 찍을 만한 데가 있어. 내가 알아. 몰래 따라온 은성을 보고 화를 내던 수명이 물었다. 어디에? 내가 길을 알아. 언제 가봤는데? 꿈꿀 적에. 그때 우스워하던 그의 표정을 잊을 수가 없다. 정작 도착해서는 흥미로워하며 반짝이는 눈으로 셔터를 누르던 수명의 뒤에, 은성이 있었다. 그때, 산등성이에 선 수명은 은성을 등지고 있었다.

외투 주머니에서 휴대전화 진동이 울렸다. 수명의 어머니에게서 온 전화였다. 은성 앞에는 구덩이가 있었다. 반대편에는 흉가가, 그리고 그 안에는 검은 인영이 있었다. 문이 열렸다. 검은 인영이 밖으로 나왔다. 머리가 긴 노파였다. 손을 뻗으며 은성에게 다가왔다. 아가, 아가! 은성은 자신의 손을 바라보았다. 삼촌은 거짓말쟁이였을까. 휴대전화가 손에서

떨어졌다. 흙바닥 위에서도 진동은 계속되었다. 계속
울어대는 휴대전화를 잡은 것은 검버섯이 핀 주름
가득한 손이었다. 그 손이 은성의 손을 덥석 잡았다.
거칠고 차가웠다. 손이 전화를 은성의 손에 쥐여주
었다. 은성 앞에 선 주름이 가득한 노파의 얼굴은 살
아 있는 사람의 것이었다. 은성는 뒤를 돌아보았다.
깊숙하고 아득한 나의 구멍 귀신. 커다란 구멍 안에
서 뱀처럼 기다란 것이 하나둘 기어 나왔다. 땅바닥
을 기다가 공중으로 날아올랐다. 전화의 진동이 멈
췄다. 등 뒤 멀리에서 장구소리와 징소리가 점점 커
다랗게 울려퍼졌다. 은성은 비명을 질렀다. 노파가
은성을 불렀다. 아가! 은성은 도망쳤다. 익숙한 길을
따라 달렸다. 꿈에서 몇 번이고 달렸던 그 길을.

　　짙은 안개로 뒤덮인 하늘이 보였다. 은성은 침대
에서 몸을 일으켰다. 부재중 전화와 메시지가 쌓여
있었다. 시어머니에게서 온 것이었다. 은성은 글자 자
판을 하나하나 꾹꾹 눌렀다. 잘 도착했어요. 아는 길
이라 걸어왔습니다. 신경 쓰지 마세요. 걱정 끼쳐드려
죄송합니다. 지움 버튼으로 마지막 문장을 지웠다.

그리고 전송 버튼을 눌렀다.

　드로잉 수업에 눈이 기다란, 속을 알 수 없는 웃음을 짓는 남자가 오지 않았다. 보다 홀가분하게 붓질을 했다. 고민 없는 붓질이 붉은 이파리를 찍어 냈다. 도화지 위쪽도 아래도 붉게 적셨다. 강사는 색바랜 가을 느낌이 잘 표현되었다며 조금 슬퍼 보이기도 하네요, 하고 지나갔다. 가슴이 두근댔다. 푸른색을 찍어 마르지 않은 붉은색에 덧발랐다. 갈색도, 초록색도 덕지덕지 올렸다. 색이 뒤섞였다. 어느덧 종이는 보랏빛이 도는 검은색으로 칠해져 있었다. 은성은 평소와 달리 그림을 강사에게 내지 않고 강의실을 빠져나왔다. 가는 길에 비가 내리기 시작했다. 부슬부슬 내리던 빗방울이 점점 굵어졌다. 성당에서 우산을 빌려 물이 차오른 개천을 건넜다. 빌라 앞에 다다르자 수명의 어머니가 있었다.

　은성은 살짝 젖은 머리를 털고 차를 준비했다. 시어머니는 어제처럼 검은 코트를, 그러나 더 따뜻해 보이는 외투를 입고 있었다. 커피를 내놓자 시어머니는 어제 잘 들어갔느냐고 물었다.

　"네가 어제 먼저 가버렸잖니. 아니 그 산골에서

어떻게 갔나 싶고."

시어머니는 수명이 드디어 그 추운 데를 떠날 수 있었다고, 고맙다며 은성의 손을 잡았다. 울음에는 전염이 있나. 아니면 은성이 그저 잘 따라 우는 인간인가? 아니면 그냥 울고 싶은가. 시어머니가 물었다. 내가 오는 게 어떠니. 은성은 침묵했다. 손을 놓아주었으면 했다. 하지만 은성은 시어머니의 손에 자신의 손을 포갤 뿐이었다.

"미안하구나. 너는 할 도리를 다 했는데. 근데 널 보면 우리 수명이가 보이는 것 같아서. 닮았나 싶기도 하고. 근데 네가 싫으면 찾아오지 않을게."

이 말을 몇 번쯤 들었을까. 은성은 고개를 끄덕이고 말았다. 대답은 하지 않았다. 네, 라는 말도 죄송하다는 말도 갑자기 지겨웠다. 가슴이 갑갑했다. 수명의 어머니가 가고 나서 은성은 창문을 모조리 열었다. 비바람이 들이쳤다. 수명은 여전히 액자 안에서 웃고 있었다. 다정하고 따스한 웃음이었다. 그 웃음은 진실이었다. 스무 살 남짓 첫 만남의 설렘부터 함께 있는 것만으로도 완전했던 그때의 기쁨. 찬란했던 그 순간들이 거짓이 아니라는 이유 때문에 은

110

성은 괴로웠다.

며칠을 거의 집에서만 지냈다. 잠이 안 오면 그림을 그렸다. 무의미한 붓질을 반복하다 다시 침대에 누웠다. 눈을 감았다 떠도 여전한 고요 가운데서 꿈을 꾸었다가 깨었다가 했다. 무엇이 꿈이고 무엇이 현실이지? 난 알고 있는 걸까. 아니면 못나서 어릴 적처럼 아직도 모르는 걸까! 답을 모르는 질문을 반복하다 다시 잠이 들려고 할 때 은성은 문득 다른 기운을 느꼈다. 집 안에 누군가 있었다. 아니야. 불길한 생각을 떨치기 위해 잠자리에서 일어났다. 시어머니는 수명이 죽은 자리, 외딴 산에서 벗어나 저승으로 갔다고 했다. 그 굿은 죽은 이가 이승에서 떠돌지 않도록 저승길을 알려주는 의식이었다. 그런데 산에서 벗어나 저승으로 가지 않았다면, 죽은 자리에서만 탈출한 거라면? 수명은 어디로 갈까. 집을 둘러봐도 보이는 건 없었다. 착각일 것이다. 쌀쌀해진 날씨에 느껴진 한기때문인지도 몰랐다. 욕실에서 뜨거운 물로 몸을 녹였다. 샤워기에서 떨어진 물이 정수리에서 어깨로, 가슴으로 흘러내렸다. 이대로 녹아버렸으면. 잠시만 죽어버렸으면. 그녀는 또다시

밖에서 인기척을 느꼈다. 누군가 걸어다니는 발소리 같았다. 찬 기운이 느껴졌다. 물이 닿지 않는 피부에 닭살이 돋았다. 분명 서늘한 기운이 어디선가 흘러 들어 오고 있었다. 혹시나 해서 돌아봤지만 욕실 문 은 닫혀 있었다. 순간 심장이 세게 뛰기 시작했다. 작은 욕실을 채운 수증기가 사람의 모양으로 모였 다 흩어진 것이다. 수명만 한 남자의 인영이었다. 은 성은 고개를 돌렸다. 머리끝까지 소름이 돋았다. 거 울에는 아무것도 보이지 않았다. 겁에 질려 굳어버 린 자신의 얼굴뿐이었다. 그러나 누군가 있었다. 누 군가 그녀의 옆에서 그녀를 보고 있었다.

죽어도 옆에 있을게.

그것만은 안 돼. 심장이 미친 듯이 날뛰었다. 물기 를 제대로 닦지 못한 탓에 잠옷도, 침대의 이불도 젖 었다. 수명의 영이 은성을 따라 침실로 들어왔다. 그 리고 그녀의 옆에 앉았다. 그녀는 눈을 감았다. 숨을 참았다.

수명은 매일 밤 왔다. 그때마다 너무 두려워 눈을 꼭 감고 참았다. 농사짓는 아버지를 생각하다 잠이 들었다. 가장 무서울 때는 그가 자신을 만질 때였다.

아주 가볍고도 서늘한 바람이 그녀의 어깨를 타고 내려갔다. 한번은 침대에서 일어나 남편을 불러보았다. 여보. 정말로 대답하면 어쩌지? 걱정이 되었지만 그래도 확인하고 싶었다. 당신이야? 대답하면 물어볼까. 저승으로 가지 않고 왜 이리로 왔어? 대체 왜! 귀신은 답하지 않았다. 은성의 곁에 있을 뿐이었다.

밤마다 두려움에 떨며 잠들지 못한 은성의 안색은 점점 더 어두워졌다. 아침마다 그녀는 얼굴을 지우듯 화장품을 발랐다. 거울을 보며 뺨을 하얗게, 입술을 붉게 칠했다. 무엇보다 집에 들어가는 것이 두려웠다. 삼촌에게 가면 삼촌이 밥도 챙겨주곤 했지만, 무슨 일이냐고 먼저 묻지는 않았다. 이백하 신부는 자신의 조카로부터 물러나 있었다. 이 세상 모든 것이 은성에게서 물러나 있는 것처럼. 그래서일까, 은성은 어느 순간 무엇이 현실이고 꿈인지 알고 싶지 않았다. 깊숙한 구멍이 떠올랐다. 그 노파는 정말 사람이었을까. 은성은 혼란 속에서 나날을 보냈다. 그저 몽롱한 채로 있다가 두려워했다. 수명이 왜 내게 왔을까. 내게 복수를 하러 온 걸까? 하지만, 내가 진실로 그런 짓을 했단 말인가!

수명은 은성을 한 인간으로 대해주지 않았다. 겉으론 은성을 위해주는 척하면서 속으로는 은성을 욕되게 했다. 산등성이에서 수명의 등을 밀어버리는 건 어렵지 않았지만, 구덩이까지 굴려 보낼 수는 없었다. 수명은 민정이보다 크고 힘이 세니까. 하지만 땅에서 솟아난 구멍은 살아 있었다. 이 땅이 생산한 반짝이는 어둠. 난 여기서 태어났어. 대지만큼 아름다운 우주를 생산하는 것은 없지. 구멍 귀신은 뱀처럼 기어 나와 수명을 붙잡았다. 그리고 조금씩 그를 삼켰다. 수명은 늪에 서서히 빠져들듯 구멍 귀신에게로 빨려 들어갔다. 수명이 은성의 이름을 불렀다. 이은성! 노파는 소리 지르며 은성에게 다가오려 했다. 안 돼, 아가야. 갈라지는 목소리로 외쳤다. 하지만 노파는 민정이가 구멍에 삼켜질 때처럼 보이지 않는 무언가에 끌려가듯 집 안으로 사라졌다. 상반신만 남아 허둥대는 수명의 얼굴에 은성은 카메라를 던졌다. 다신 나를 욕되게 할 수 없을 거야. 꿈은 항상 똑같았다. 누군가에게 숨을 뺏긴 듯 일그러진 표정의 노파가 있다. 뒤를 돌면 허둥대는 작은 발과 꿈틀대는 남자의 손이 있다. 그리고 어릴 적부터,

114

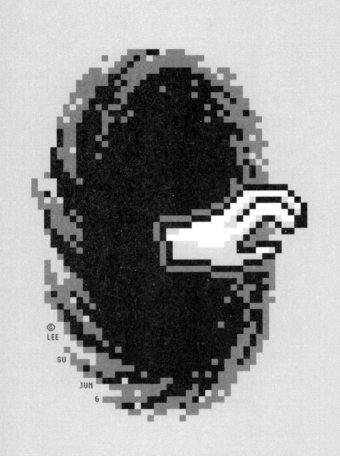

아니 태어날 적부터 그녀의 옆을 지켰던 그것이 다가온다. 구멍 귀신이 은성 앞에 선다. 그리고 끌어안는다. 너밖에 없어. 너만이 나와 함께할 수 있어. 캄캄하고 밝게.

은성은 침대에 누워 구멍 귀신을 기다렸다. 지금은 왜 나타나지 않는 것이지? 깊고 깊은, 검고 검은 나의 동반자. 왜 날 혼자 남겨두는 걸까. 남편의 귀신은 밤마다 찾아와 그녀가 잠들 때까지 침대 맡에서 내려다보았다. 천천히 숨통을 조여 죽여버릴 것처럼.

난 꿈을 원해. 오지 않을 거야? 얼른!

그러나 구멍 귀신은 나타나지 않았다. 그리하여 은성은 삼촌인 신부 이백하에게 달려간 것이다. 그녀는 삼촌에게 구마 예식을 청했다. 그녀는 이백하 신부의 팔을 쥐고 흔들었다. 할 수 있다고 했잖아요. 귀신 잡는 신부라고 했잖아요. 목에 핏줄이 설 정도로 숨도 쉬지 못하고 말했다. 은성은 행복해지고 싶었다. 두렵지 않고 외롭지 않고 괴롭지 않은, 그러나 죽음이 아닌 생을 살고 싶었다.

끔찍한 악몽이 은성이를 괴롭히고 있구나.

은성의 말을 들은 삼촌은 안수기도를 해주었다. …교회를 통하여 이 교우에게 용서와 평화를 주소서. 삼촌의 온화한 말투와 따뜻한 손길에 오히려 불안감이 솟아났다. 삼촌은 정말 내게 일생을 거짓말을 한 걸까!

사흘 뒤, 은성은 이백하 신부에게서 전화를 받았다. 구마 도구를 담은 가방을 멘 삼촌은 그녀에게 사제관에서 기다리라 했다. 은성은 고개를 끄덕였다. 신부는 성모빌라 204호로 갔다. 다시금 초조하고 조급한 마음이 들었다. 끔찍한 악몽이라고 말하다니. 저 사람은 날 믿은 적이 없어! 어쩌면 귀신이 된 남편 말을 또 내게 전하려고 할 수도 있다. 혹시 이수명이 내가 자기를 죽였다고 고자질하면? 삼촌은 은성이 아니라 자신이 모시는 신의 말씀을 따른다. 삼촌은 은성의 꿈을, 은성을 벌할지도 모른다.

그러나 내가 원하는 건!

은성에게 다가온 구멍은, 그 안의 어둠은. 그녀를 괴롭힌 악을 집어삼켰다. 그리고 다가와 말했다. 접촉으로 알려주었다. 나는 너를 먹지 않아. 삼키지 않아. 오히려 그 반대를 원해. 너만이 할 수 있어.

은성은 자신에게 스며들었던 어둠을 기억했다. 발치부터 가슴까지 차오른 따스한 충만함을. 그때만큼 두렵지 않은 적이 있던가. 꿈이 아니었다. 오로지 그것만이 악을 벗어난 현실이었다. 은성은 단번에 일어났다. 이미 알고 있는 길을 떠올렸다. 현실로 인도할 그 길만이 죽음과도 같은 이 지독한 꿈에서 벗어날 수 있는 유일한 방도였다.

3

그때 그들이 나를 불러도 대답하지 않으리라.

그들이 나를 찾아도 찾아내지 못하리라.

― 잠언 1장 28절

산 아래 무당이 그랬서야. 뭐라구? 우리 서낭님, 구녕님. 죽은 님들 말구 산 님들 좀 잘 봐주소. 두루마기 입고 고깔 쓰고 제자리에서 팔을 막 휘두르믄서 춤추는 겨. 신을 부르는 거제. 그려, 우리 백하 잘허네. 어찌 그리 잘혀? 이뻐라. 그래 갖고? 그래 갖고 무당이 천지구녕님. 우리 마을 좀 보살펴주소. 풍년

들게 해주소. 건강하게 살게 해주소. 싹싹 빌믄 구
녕이 소원을 들어준댜. 어케? 쬐깐한 구녕 안에 신
이 살고 있었그든. 땅에서 자다가 어느 날 솟아나서
그기다 자리를 잡은 겨. 그때는 마을 산에 구신이
많아 가지구 흉흉했어야. 전쟁 끝난 지 얼마 안 됐
을 때니께. 여기서 죽구 저기서 죽구. 잡혀 죽구. 불
쌍혔지. 죽는 게 뭣이여? 산 사람이랑 못 살게 되는
거여. 이 할미가 좀 이따 죽으믄 니랑 못 있는 겨.
아주 쭈구렁방탱이가 돼가지구 땅 밑으로 들으가
야지. 나는 할무니랑 같이 있구 시퍼. 죽지 말어. 그
려 그르믄 할미가 우리 백하 땜시 지금 말구 좀 이
따 죽어불란다. 참말? 참말. 근디 구녕에서 신은 뭘
했당가? 무당이 소원을 빌었으니께 구녕신은 그걸
들어줬지. 구신들을 지가 다 먹어버린 겨. 그려서
구녕신이 점점 커지지 뭐여? 구녕이 우리 백하보담,
할미보담, 니 아비보담 커진 겨. 그리구 깊지. 우물
보다 더 깊어서 바닥이 없지. 무당은 구녕이 커지니
께 신이 커진다, 위대한 구녕신, 허벌나게 감사합니
다, 했당께. 마을이 겁나 풍년이고, 애들도 많고, 늙
은이들도 건강혔어야. 그르니께 무당은 계속 천지

구녕님, 우리를 보살펴주시오, 했단 말여.

근디 무당 아들래미가 여섯 살 되던 해부터 무당이 자꾸 아픈 겨. 안색이 흑색만치루 어두워졌어야. 머스마는 기운이 넘쳐서 이리 뛰구 저리 뛰구, 산에 올랐다 내려왔다 하는디, 몸이 아프니께 걱정되지만은 냅둘 수밖에 없었지. 글다 어느 날에 머스마가 집에 와서는 산구녕에서 비얌을 봤다는 겨. 무당은 구녕신 주변엔 비얌이 없다구 했지. 비얌이 없어? 없댜. 왜애? 고건 할미도 모르겠네. 무당이 없다는 디도 머스마는 계속 구녕에서 비얌이 나온다고 동네방네 떠들어 쌌어야. 그래서 한번은 무당이 아 노는 데 따라갔제. 근디 아가 구녕신헌티로 막 달려가는 겨. 아야! 어딜 오르는 겨! 신성한 구녕신계신 곳에! 하고 소리를 지르는디 아가 글씨 그 큰 구녕에 쑥 하고 빠져 버린 겨. 무당이 오메! 오메 구녕님! 우리 아 살려주쇼, 살려주쇼, 하고 막 뛰어갔드니 아가 으디 묶여 나오는 것마냥 거꾸로 공중에 떠서 나왔댜. 아를 받아 품에 안으니께 숨도 쉬고 아무렇지 않았대네. 무당은 고맙소, 고맙소, 하고 절을 했어. 아는 해가 지니께 금방 깨났고. 그러고

며칠이 지났는디, 쪼매 이상한 겨. 아가 원래두 날래고 기운이 좋긴 했는데, 기가 더 성성해진 거제. 고것만이 아니고 겨울이라 벌겋게 트던 볼때기랑 손등에 윤기가 돌아. 반질반질. 눈빛이 맑어. 겁나 밝구. 또 아가 우는 일도 없이 맨날 좋다고 웃는디 그 깔깔대는 웃음소리가 허벌나게 듣기가 좋은 겨. 그걸 보구 어떤 할매가 아가 구신 들린 거라고 했댜. 마을 사람들은 그 할매를 손가락질했제. 저리 이쁜 아를 보고 악담을 한다구. 무당이 오구 구녕신 모시고 나서 마을이 잘 됐으니께, 다 무당 편인 겨. 마을에도 아한테도 무당이 복이라 했제. 복덩이라고. 나맨치? 맞지. 우리 백하맨치. 우리 백하는 멀쩡히 살아 있제? 글구 오래 살 거자녀. 응. 나는 백 살, 천 살까지 살 겨. 그치, 근디 우짜나. 무당 아들래미는 죽었댜. 가을 바람 부는 날에 무당이 우리 아가 잘 자구 있나, 방에 가서 애 이마를 쓰다듬었는디 아가 숨을 안 쉬는 겨. 죽은 겨. 이잉. 싫여. 무당은 아들래미가 죽었으니께 속상혀서 미치기 직전까지 울었댜. 그려도 마을 사람들이 다 같이 장사도 지내주고, 위로도 해주고 해서 미치진 않았던 겨. 근디 그 아가 죽구 나서 마을 사람들이 죽어나가기 시작하네? 열 여섯 난 가시내가 죽고, 오십 먹은 아재가 죽고, 구십 넘은 할아부지가 죽고. 지금은 아무도 안 죽어. 무서워 말어. 우는 겨? 아니제? 그때 마을이 다시 흉흉해지면서 소문 하나가 돌았는디, 구녕신 주변에 비얌이 있다고, 비얌이 꿈틀꿈틀해서 간밤에 집에 들어가 사람 물어 죽인다구, 백 살 넘은 할매가 죽기 전에 말하구 죽었댜. 그려서 마을 사람들이 무당헌티 쫓아가서 말한 겨. 이보시오. 당신이 모시는 신이 사람을 죽이고 있다 안 허요. 무당은 아니라구 구녕신께선 그럴 수 없다구, 다시 지가 빌어보겠다구 한 겨. 사람들은 아들래미가 고것 땜시 죽지 않았냐구, 빌믄 사람들이 더 죽어난다구, 무당을 마을에서 쫓아냈댜. 근디도 사람이 계속 죽는 겨. 결국에는 마을에 구신 들렸다고 사람들이 다 떠났어야. 그려서 그 마을에 아무도 살지를 않어. 아직두 그 구녕신이 살아 있그든. 알아들었냐? 백하야? 왜 울라 하노. 아를 울리긴. 얘기 쪼까 해준 것밖에 없구만. 아니 아 산에 못가게 하람서! 백하야. 울지 말구. 그르니께 저짝 북쪽에 멀리 비이는

123

산에, 공미산꺼정은 가면 안 디야. 알았어? 울지 말어. 왜 울어싸. 아가 겁은 많아서. 울지 말구, 여서 할매랑 엄니 아부지랑 형누이들이랑 오래 살어. 여 있음 아무두 우리 백하를 못 데려가니께 여서 평생 행복하게 살자. 울음 그치면 할무니가 안 죽지. 그려. 장하다. 뚝 그치니께 이쁘다. 우리 백하.

★

작고 동그란 뒤통수가 연신 우렁차게 외쳤다.

"무궁화꽃이 피었습니다!"

이백하 신부는 재빨리 두 발자국을 내디뎠다. 수단이 펄럭거렸다.

"어! 걸렸다! 신부님!"

술래를 하던 아이가 외쳤다. 아이들이 양옆에서 우르르 뛰어와 신부의 손을 잡고 술래 자리인 나무 아래로 달려 갔다.

이백하는 성당 옆 보육원에서 아이들과 철없이 노는 것을 좋아했다. 아이들은 신부를 보면 다리를 잡아끌어 사제관으로 들여보냈다. 무궁화꽃이 피었습니다를 할 테니 펄럭거리는 옷을 입으오, 하고 외쳤다. 성화에 못 이겨 발목까지 내려오는 긴 수단을 입고 나오면, 술래는 항상 이백하였다. 한 걸음만 걸어도 수단이 심하게 펄럭대니 신부가 매번 걸리는 것이다. 이백하가 '이건 옷이지 않니' 하면 '옷도 신부님이지요' 하고 아이들이 펄쩍거리며 깔깔댔다. 어떤 아이는 로봇 그림이 그려져 있는 옷을 입고는 배를 내밀며 '이 옷도 나예요' 하고 로봇 흉내를 내었다. '신부님, 신부님' 해도 아이들은 백하에게 조심하지 않아서 고마웠다. 마음이 편안했다.

미사가 끝나고 나면 신자들은 신부에게 누구에게도 털어놓지 못할 고백을 하기도 했지만, 사사로운 일상 얘기를 나눠주기도 했다.

"어제 제 아이가 환하게 웃는 걸 봤어요."

"좋은 일이 있으셨나 봅니다."

중년의 신자는 곱게 빗어넘긴 회색빛 머리를 매만졌다. 그런데 말이에요, 신부님.

"기분이 이상했어요. 그 애가 웃는데 정말로 너무 이상한 느낌이 들었어요. 왜 그랬을까요?"

신자는 아들이 말없이 귀가하지 않기도 하고, 집에 들어와 방문을 잠가두기도 한다면서 깊이 염려

했다. 통 그런 적 없는 아이거든요. 이백하 신부는 아들이 삶의 변화를 느끼는 것인지도 모른다는 말로 신자를 달랬다. 신부는 몇 번 마주쳤던 신자의 아들을 떠올렸다. 20대 후반을 바라보는 아들은 성정이 좋은데다 어머니에게 정성이 지극했다. 아들이 어머니를 부르는 목소리만 들어도 알 수 있었다.

"조심하세요, 어머니."

어찌나 고운 말투였는지 신부는 자신도 모르게 미소를 지었다. 어머니를 보는 눈빛과 부축하는 손짓을 보며, 세상을 떠난 자신의 자상했던 아버지와 강인했던 어머니, 또 할머니를 떠올렸다.

백하가 고향집에 가면 어머니는 신부님 오셨는교, 했다. 예. 어머니. 왔습니다, 하고 대답하고 나면 마음 한편이 쓸쓸했다. 사제 서품을 받고, 보좌신부가 되어 집에 갔을 적에는 '한순자 데레사입니다' 하고 인사를 해서 자식들을 웃음 짓게 했다. 어머니의 영향인지 다른 형제자매들도 막냇동생에게 어릴 때처럼 편하게 대하지 못했다. 집 농사를 물려받은 셋째 형 운석만 예전처럼 아우야, 막내야 하고 불렀다. 그래서 고향 동네에 오면 어머니를 찾은 다음 형 운석

네 대문을 두드렸다. 형의 막내딸인 어린 은성은 아비 말을 따라 막내가 왔다, 막내가 왔다 하고 달려 나와 안겼다. 그때마다 겁이 많은 자신이 부모에게 파고들던 때가 생각나 조카를 꼭 안아주었다. 은성은 몸이 약해 잔병치레가 많았다. 터울 많은 형제들이 있다 해도 백하의 형과 누나들처럼 아이를 돌보아주는 것도 아니어서 여간 마음이 쓰이는 게 아니었다.

"막내야, 저게 뭣이여?"

은성이 누런 벽이나 텅 빈 마루를 보고 자신에게 물을 때면 이 애가 나를 닮았나, 덜컥 두려워졌다. 백하는 갓난 적부터 이상한 것들을 보았다. 남들은 그것이 귀신이라고들 했다.

어릴 적 형과 누나들을 따라, 가지 말라는 산속에 놀러 갔을 때였다. 입으로 빵! 빵! 거리는 총소리가 경사진 산기슭을 날아다녔다. 백하는 거의 각두기였다. 너무 어려 어느 편에 서건 살았다 죽었다를 빈번히 했던 것이다. 그날 각두기 백하는 혼자 깊은 산속에 들어가게 되었다. 손에 흙을 묻혀가며 열심히 빨갛게 물든 낙엽을 줍다 자꾸 철퍼덕 넘어졌다.

몇 번 그렇게 엎어지다 고개를 들었는데, 눈앞에 누군가 있었다. 얼굴이 시꺼멓게 탄 젊은 남자가 옛날 옷을 입고 아이 앞에 서서 물었다.

"니 몇 살이고?"

어린 백하는 놀라서 으앙 하고 울다가 또 넘어졌다. 남자는 백하가 일어나자 길을 알려준다고 따라오라 했다. 무서웠지만 집에 가고 싶어 거리를 두고 따르는데, 뒤쪽에서 형과 누나들 목소리가 들리기 시작했다. 남자는 한마디를 남기고 손을 흔들었다.

"내 아는 니보다 훨 안 컸겠나."

"아저씨 아는 어딨는디요?"

그때 남자의 얼굴 윤곽이 희미해지면서 뭉개졌다. 남자는 팔을 들어 어딘가를 가리켰다. 으으으. 으으. 목소리도 뭉개졌다. 다시 울음이 나오기 직전, '막내야!' 하고 소리치며 달려오는 셋째 형 운석에게 등짝을 맞았다. 그날 동네 아이들은 된통 혼이 났다. 가지 말라는 산에 가서 어린 것까지 잃어버릴 뻔했다며 어른들이 호통을 쳤다. 형 운석은 백하에게 어디로 가고 있었는지 물었다. 백하는 옛날 옷 입은 얼굴이 꺼먼 남자가 길을 알려준다기에 따라간 것이라고, 가던 방향을 손가락으로 가리키며 대답했다. 그러자 옹기종기 모였던 마을 사람들의 낯빛이 변했다. 곧 나이가 몇이었네, 어떤 말투를 썼네, 얼굴 생김새는, 하며 아이를 달달 볶기 시작했다. 백하가 놀라 울음을 터뜨리는 동안에도 어른들은 소란스럽게 말을 나눴다. 구신이라고. 구신 본 겨! 걱정 말어. 아그덜이 저짝 마을까진 간 게 아니라니께! 뭘 걱정을 말어, 구신들이 이짝까지 내려온 거 아녀. 아가 걍 헛것을 본 거여! 뭔 소리여, 아를 산속으로 끌고 갈라 혔는디!

며칠 후 사람들은 마을 어귀 물푸레나무 아래서 제를 올렸다. 백하는 자신이 본 것이 이 세상 것이 아닐지도 모른다는 무서움에 잠을 이루지 못했다. 사람들이 물어도 더 말하지 않았다. 귀신의 발목에 뱀같은 기다랗고 검은 줄이 달려 있단 것도 까먹어 버렸다. 그다음부터 그런 것을 볼 때면 부모의 품으로 달려가 왕왕 울었다. 아버지는 마당에 꼬꼬댁거리는 닭을 보여주며 막내 아들을 달랬다. 닭이 이쁘지? 자길 닮아 애가 겁이 많다면서, 어머니가 버릇 나빠진다고 말려도 울 때마다 엿가락을 사서 백하의 작은 손에 들려주곤 했다.

백하는 어린 은성이 혹여나 자신처럼 나쁜 영에 사로잡힐까 두려워 단단히 당부했다. 그건 진짜가 아니란다. 모두 꿈이야. 그것이 나타나 무서워도, 무서운 일이 생겨도 꿈자리 뒤숭숭하다 여기고 말아라. 귀신 같은 것은 다 외면하고 씩씩하게 살았으면 했다. 은성은 삼촌에게 안겨 성직 칼라를 만지작거렸다. 알아들었냐고 물으면 배시시 웃었다.

은성이 학교에 입학하고 열 살도 넘었을 적이었다. 작은 방에서 함께 텔레비전을 보는데, 괴담 방송이 나왔다. 소복 입은 귀신이 나오자 소리를 질러대기에 많이 무섭냐고 묻자 은성이 갑자기 깔깔거리며 말했다.

"귀신이 어디 있다고 그려. 삼촌 무서워? 신부님이 뭘 그런 걸 무서워혀?"

"아직 신부 아니야."

"어차피 좀 있음 될 건디 뭐. 삼촌 귀신도 잡는다매. 잡아봤당가?"

은성의 장난에 당황했지만, 애가 아기 적 일은 다 잊었구나 싶어 안심했다. 다행히 은성은 백하와 달랐던 것이다.

　주일 저녁, 이백하 신부는 저녁 미사를 마치고 고
해소에 들렀다. 고해성사를 청한 신자는 다른 사람
에 대한 미움과 시기를 오랜 시간 고백했다. 인간이
기 때문에 어쩔 수 없이 나쁘게 행동했다고 했다. 또
인간이기 때문에 죄책감에 괴롭다고 했다. 그리스도
의 대리자로서 신자를 용서하고, 기도와 선행을 보속
으로 내주었다. 신자는 죄를 뉘우치고, 용서받아 교
회 밖으로 나갔다. 이로써 마음의 평화를 얻었을까.
　백하는 고해소를 나와 성당 문을 닫았다. 새들이
울었다. 해가 넘어간 짙푸른 하늘 위로 까마귀 떼가
지나갔다. 가을이 가까워 오면 까마귀 떼가 유난히
자주 나타났다. 새들은 붉어져 가는 잎을 매단 나뭇
가지들 사이를 수놓고 사라졌다. 저 까마귀를 닮은
누군가가 있었다. 검은 눈동자. 튀어나온 입. 그 때문
에 푹 파인 팔자주름. 매부리코. 백하는 외벽 조명
탓에 성당 입구까지 길게 늘어진 자신의 그림자를
바라보며, 반갑지 않은 방문을 예감했다. 저 밖의 영
들이 떠올랐다. 발목에 검은 줄을 달고 거리를 배회

하는 사령들. 끔찍한 소리를 내뱉는, 희미하지만 분명한 존재들. 그리고 자신의 두려움. 까마귀를 닮은 스승은 두려움에 맞서라 가르쳤다. 선택받은 자만이 두려울 수 있으며, 두려운 자만이 신이 내려준 사명을 다할 수 있다고 말했다. 스승은 20여 년 전 교회를 떠났고, 백하를 떠났다. 스승이 무속인이 되었다거나 노숙자가 되었다는 소문이 떠돌았다. 백하는 자신의 그림자를 침범한 묵직한 두 발의 주인을 바라보았다. 정 신부는 노숙자처럼도 무속인처럼도 보이지 않았다. 까마귀 떼가 돌아온 것인지 새 우는 소리가 하늘을 채웠다. 밤이 시끄러웠다.

뜨거운 차를 내놓았지만 옛 스승은 손도 대지 않았다. 그늘을 품은 얼굴로 입을 다물고만 있었다.

적막이 지나가자 스승이 물었다.

"여기에 왜 그들이 없는 줄 아느냐."

백하는 답할 생각이 없었다. 그늘의 늪으로 서서히 가라앉는 듯한 정 신부를 바라볼 뿐이었다.

"그들에겐 회개할 것이 없거든."

옛 스승은 신을 버렸다.

"이 장소가 필요치 않은 것이지."

정 신부는 자신을 앞에 두고도 침묵하는 제자를 원망스러운 얼굴로 바라보았다.

"부탁이 있다."

정 신부의 눈에 절실함이 서려 있었다. 시체를 앞에 두고 빼앗기기 직전의 까마귀처럼 다급했다.

"남은 시간이 별로 없어."

백하가 입을 열었다.

"건강에 문제라도 있으십니까?"

하나 마나 한 질문일지도 모른다. 백하 앞에 앉은 인간은 누가 보아도 환자라고 생각할 몰골이었다.

"요한."

그렇다 해도 여전히 정 신부의 말투에는 강건한 기개가 남아 있었다. 과거의 정 신부가 떠오르는 형형한 눈빛에 이백하는 눈을 피했다.

"넌 왜 신부가 된 거냐."

백하는 찻잔을 쥐었다.

"주님께서 부르시기에 사제가 되었습니다."

"그 부름에 왜 응한 거지?"

정 신부가 교회를 떠났을 때 골칫덩어리가 사라졌다고 좋아하는 신부들도 있었다. 정 신부는 부드러움 하나 없는 강한 성격에다 고집이 셌고, 다른 신부들과 의견 다툼도 잦았기 때문이었다. 무엇보다 현대에 미신처럼 여겨지는 구마에 관해 지나치게 집착한다고 교회에서 평판이 좋지 않았다. 정 신부가 사라졌다는 소식을 전해 들었을 때, 백하는 스승을 찾아 나서지 않았다. 입을 닫고 틀어박혀 있었다. 걱정과 염려가 아니라 회피라니. 제자로서 죄를 짓는 일이었다.

"왜 응한 거냐?"

정 신부가 다시 물었다.

그걸 대체 왜 나한테 묻습니까? 백하는 오히려 자신을 하느님에게 인도한 장본인인 스승에게 묻고 싶었다. 도대체 어떤 이유로 자신을 다시 찾은 것인지. 원망인지, 용서인지, 사과인지.

겨울도 아닌데 부는 시린 바람과 손짓, 속삭임, 물음. 그만해. 무서워. 무서워서, 죽을 것 같아요. 자신이 보는 게 산 자들의 것이 아니란 걸 깨닫자 백하의 두려움은 걷잡을 수 없이 커졌다. 죽음이 무엇인지도 몰랐을 무렵 찾아온 고난이었다. 부모 품에서

도 잊을 수 없었다. 공포는 오로지 백하의 것이었다.

백하가 희망을 찾은 것은 열한살 무렵 마을에 새로 지어진 작은 공소에서였다. 당시에 연학동 성당의 공소를 짓는다고 하자 백하의 어머니를 비롯한 마을 신자들은 미사 드리고 기도할 장소가 생겼다며 크게 반겼다. 완성된 공소를 기념해 축복식을 하던 날, 학교를 다녀온 백하도 어머니를 따라나섰다. 어머니와 어른들이 잘 모르는 말을 중얼대고, 입을 모아 성스러운 노래를 부르는 모습을 건물 주위를 배회하며 구경했다. 미사 구경이 따분해질 무렵, 공소 주변에 있는 높다란 나무를 발견했다. 굵은 기둥이 두 갈래로 자라나 뱀 머리 두 개가 하늘을 향해 꿈틀대는 것처럼 보였다. 백하는 털신을 신은 발로 계곡처럼 갈라진 기둥 사이에 올라탔다. 개미도 백하의 손등을 지나 나무를 기어 오르고 있었다. 개미야, 뭐 하러 나무를 오르니. 꼭대기엔 먹을 게 없을 텐데. 사각사각 소리를 내며 기어 오르는 개미를 따라가던 백하의 시선이 다른 것에 닿았다. 그것은 오른쪽 기둥 중간쯤에 거꾸로 매달려 있었다. 두 다리를 가지에 걸치고, 눈을 크게 뜨고 입을 벌린 채 백하를 응시했다. 잔가지들이 몸통을 뚫고 나왔는데 아무렇지도 않아 보였다. 얼굴과 사지 모두 투명한 잿빛이었으며, 몸 전체 윤곽이 흐릿했다. 그것이 아래로 한 뼘 백하를 향해 내려왔다. 숨이 가빠왔다. 심장도 점점 빠르게 뛰었다. 그것의 발에도 가느다란 줄이 달려 있었다. 줄은 저 멀리 북쪽 산 너머까지 뻗쳐 있어서 끝이 보이지 않았다. 벌어진 입이 일그러지며 닫혔다가 다시 열렸다. 으으어어어. 듣기 힘겨운 낮은 목소리. 땅속 깊은 곳에서 들려오는 것 같은 저음의 비명. 으으. 으으으. 두 뼘. 세 뼘. 그것은 점점 가까워졌다. 순식간에 열 뼘은 내려와 자신을 낚아챌까 봐 눈을 깜박이지도 못했다. 백하는 점점 가빠지는 자신의 숨소리를 들으며 나무에서 흙바닥으로 단숨에 뛰어내리는 상상을 했다. 그리고 상상한 그대로 손과 발을 움직이려 했다. 그러나 손이 떨린 건지 발을 헛디딘 건지 백하는 나무에서 미끄러져 뒤로 넘어가버렸다. 악! 낮은 비명 위로 들리는 아이의 새된 목소리를 멈추게 한 것은 어떤 젊은 남자였다. 바닥에 나동그라지기 직전의 백하를 두 팔로 받아낸 것이다. 부리부리한 눈에 짙은 눈썹, 깊

게 파인 팔자주름이 어쩐지 자신을 혼내는 듯한 인
상을 주었기에 백하는 남자를 밀어냈다. 남자의 성
직 칼라를 보고서야 할아버지 신부를 따라온 젊은
신부라는 것을 알아차리고 인사했다. 감사합니다.
신부님. 나 아직 신부 아닌데. 장난기 어린 말투로
대답한 남자는 백하와 그것이 매달린 나무 위쪽을
번갈아 쳐다보았다. 그리고 다시 백하를 쳐다보고는
허, 하고 웃었다. 백하는 깊게 파인 팔자주름 아래서
위로 올라가는 남자의 입꼬리를 따라 자신도 히히
웃었다. 공포가 가시지 않은 가슴에 콧구멍이 벌렁
거리는데도 웃음이 나왔다.

　남자의 이름은 정무헌이었다. 정무헌은 그로부터
5년 뒤 시내 연학동 성당에 보좌신부로 부임했고,
가끔 공소에서 미사를 집전했다.

　미사가 있는 날이면 백하는 누구보다 먼저 초록
색 지붕을 인 공소로 달려갔다. 공소 입구에 놓인
성모상에게 기도하고, 건물 왼편에 달린 종을 쳤다.
종소리가 울려 퍼지면 신앙공동체라는 이름 아래
모인 신자들이 삼삼오오 모여 공소로 들어와 기다
란 의자에 앉았다.

성부와 성자와 성령의 이름으로. 아멘.

그저 커다란 책상이라고 생각했던 제대 옆에 복사 복장을 입고 선 백하도 손바닥을 마주 대고 기도했다. 아멘.

주님께서 여러분과 함께.

또한 사제의 영과 함께.

어머니는 백하를 각별히 대하는 정 신부에게 항상 고마워했다.

"우리 백하 복사도 시켜주시고 고마워서 어째요, 신부님."

정 신부는 백하에게 언제든 찾아와도 좋다고 일렀다. 백하는 주일마다 연학동 본당에 놀러가 청소년부 모임에 참여했고, 평일 오후에도 어린 아이들과 놀아주거나 정 신부 일을 도우며 그곳에 머물렀다.

정 신부는 말했다. 신의 장소에는 그것들이 들어올 수 없다. 성당 안에서 백하는 안심할 수 있었다. 두려움에 떨지 않아도 되었다. 간혹 하늘에 떠 있는 것들은 보였다. 인간의 형상을 가진 검은 사령들. 그러나 성당에서라면 아주 멀어 보였다. 하나 궁금한 것은 그것들의 발치에 달린 줄의 근원이었다. 산 너

138

머까지 죽 이어진, 꿈틀거리는, 처음에 뱀이라고 생각했던 검은 줄이 대체 어디로 이어지는 것인지 의문스러웠다. 하지만 더는 중요하지 않았다. 성당 안에서는 사령들을 구름에서 잘못 떨어져나온 불쌍한 애기 먹구름이라고 여겨도 아무 문제가 없었다.

백하는 고등학교를 졸업하고, 정 신부가 수학했던 신학교에 입학했다. 책을 읽고 공부를 하느라 혼이 났지만, 포기하고 싶을 때마다 정 신부의 말을 떠올렸다. 고향에 돌아와 신의 대리자로서 사람들에게 복음을 전파하려무나. 너라면 잘할 수 있겠지. 스승의 말에 정신이 번쩍 났다.

그 시절 백하에겐, 성당만이 안전한 장소였으며 정 신부만이 백하의 고통을 이해하는 단 한 사람이었다. 백하는 참 다행이라 여겼다. 두려움을 이겨낼 수는 없어도 참아낼 수 있었고, 평안은 없어도 구원은 있었다. 부제 서품을 받기 전까지는 그렇게 생각했다.

부제 서품을 받아 비로소 성직자의 길에 들어선 날 밤에 정 신부는 백하를 찾아와 축복해주었다. 자랑스러운 제자라고 부르며 드디어 주어진 사명을 다할 날이 왔다고 말했다. 그러나 계속되는 정 신부의 말에 기뻐한 것은 오직 한사람, 정 신부 자신뿐이었다. 이제까지 볼 수 없었던 격앙된 표정의 정 신부가 말하길, 백하 부제가 드디어 자신과 함께 악령을 물리칠 수 있다고 했다. 백하의 악령을 볼 수 있는 '능력'은 신의 사도가 되기 위해 부여받은 것이었으므로. 이백하는 정 신부가 건네는 십자가를 떨리는 손으로 받아들었다. 스승의 말을 거역하지 않았다. 그저 생각했다. 그가 누렸던 구원에는 대가가 필요한 것인가. 백하의 어깨를 잡은 정 신부가 말했다.

"악령은 믿는 자의 영혼에는 아무런 해를 끼칠 수 없다."

두려워하지 않으려고 했다. 정 신부의 가르침대로 믿음을 의심하지 않으려 했으나, 구마 예식을 행하다 악령에 부마된 자가 몸을 뒤틀거나 괴성을 내지르면 손이 떨리고 다리가 풀렸다. 악령이 이름을 내뱉기 전까지 그 자리에서 도망치지 않기 위해 필사적으로 노력했다. 정 신부는 예식이 진행될 때 극도로 예민한 상태가 되었지만, 무사히 끝나면 백하를 격려하곤 했다. 그리고 선곡면 북쪽산에 있는, 이름을 찾지 못한 악령에 대해 말했다. 너와 꼭 맞서야 할 것이 있다. 나의 원한과 네 두려움의 원천인 바로 그것 말이다. 그때마다 백하는 식어버린 땀에 선뜩함을 느끼며 두려움에 굴복하는 자신의 모습을 떠올리곤 했다. 결국 악마에게 무릎 꿇어버릴 나약한 인간을.

뜨겁던 차가 차게 식어갔다. 대답 없는 옛 제자에게 정 신부가 물었다.

"비겁하게 여기에만 숨어 있을 생각이냐?"

20여 년 전, 정 신부는 잠적하기 전에 백하를 찾아왔었다. 그때 용서를 빌었다면 스승을 마주하는 것이 이토록 괴롭지 않았을까? 그러나 백하는 그렇게 하지 않았다. 백하가 더는 구마를 하지 않을거라고 하자, 스승은 사명을 저버린다며 쇠꼬챙이보다 날카로운 말로 몰아세웠다. 세월이 지난 지금도 변함이 없었다.

"백하야. 너만이 그들에 관해, 그것에 관해 알아낼 수 있다. 넌 그것들을 눈으로 보니까."

백하는 수없이 들었던 말에 자신만의 믿음으로 답했다.

"신부님. 참된 믿음은 감각으로부터가 아니라 신의 말씀으로부터, 우리의 믿음으로부터 오는 것 아니겠습니까. 제가 무엇을 보고, 듣던 간에…."

"난 이제 신부가 아니다. 네 스승도 아니고. 요한 너도 그렇게 생각하지?"

정 신부의 자조하는 얼굴에서 백하는 과거의 자신을 보았다. 정 신부를 좇던 시절이 있었다. 그 말씀을 따라 신에게 몸과 마음을 바쳤다. 모든 것을 그에게 배웠다 여기던 때가 있었으나, 그 스스로가 스승이길 거부한다면, 백하 또한 마찬가지일 터였다.

"저는 이제 당신의 제자가 아닙니다."

이 말을 듣고 정 신부가 얼른 떠나주었으면 했다. 그러나 정 신부의 눈이 한층 더 번쩍였다.

"아니지! 그래서 내가 부탁을 하는 것이다. 한 인간으로서."

정 신부는 늪에서 솟아나듯 벌떡 일어났다. 기묘하게 번쩍이는 눈은 신을 섬기는 눈이 아니었으며, 평범한 인간의 눈도 아니었다. 아마도 이 사람은 아픈 것이다. 더는 어릴 적부터 백하를 아끼며 가르쳤던 정무헌 신부가 아니었다. 부제 서품을 받은 그날

이후로 쭉 그랬다. 마치 다른 사람처럼 변해버렸다. 아니면 그것이 말한 대로 원래 그런 인간이었을까. 악령의 서한만을 기다리고 찾아다니는, 구마 행위에 매몰되어 그것을 없애기 위해서라면 인간도 이용할 수 있는.

정 신부는 품에서 낡은 종이 뭉치를 꺼내 협탁에 올려놓았다.

"내가 그것에 대해 기록해온 자료다."

어둠이 드리운 얼굴이 말했다.

"나는 이미 죽었다. 죽을 것이고."

정 신부는 안수기도를 하듯 두 손을 허공으로 뻗었다.

"요한. 두려워 말라."

신을 저버린 사람이 신의 말씀을 훔쳐 현혹하다니. 백하는 외면하며 일어섰다.

"돌아가십시오. 저는 구마에 뜻이 없습니다."

"그럼 대체 왜 고향에 돌아온 거냐?"

"밤이 늦었습니다."

"두려움을 이겨내기 위해서가 아니라, 두려움을 감추려고 신부가 되다니."

정 신부는 이제 백하를 비난하고 있었다. 아마도 이제껏 그가 백하에게 품은 진심이리라.

"내가 길을 알려주지 않았니? 너만이 그 끔찍한 걸 소멸시킬 수 있어. 이제라도 사명을 다해야 한다! 네 순명을 거스르지 말아라!"

백하는 참지 못하고 뒤돌아 소리쳤다.

"대체 왜 나에게 신부가 되라고 했습니까?"

정적이 흘렀다. 정 신부는 겁에 떨던 아이 백하를 떠올렸다. 악령에게서 구해주기를 절실하게 원하던 아이. 그 앞에 자신. 서로를 알아보았던 그때의 기쁨.

"너밖에 없었다."

너밖에 없어서 그랬단다. 내가 얼마나⋯. 말끝을 흐리는 오랜 스승 앞에서 백하는 말을 삼켰다. 나도 당신밖에 없었습니다. 도대체 신이 원하는 것이 무엇인가? 스승과 대화를 하면 할수록 잊고 싶은 과거가 흘러내려왔다. 과거의 물줄기 속에서 성당 밖을 떠돌고 있는 사령들이, 사령들을 붙잡은 거대한 악령의 존재가 나타나는 듯했다. 그러나 백하에게 중요한 건 현재였다. 저편의 과거를 선명하게 만드는 이 물줄기는 어디서 내게로 흘러오는가. 신의 말씀을 따라, 진리를 향해 흐르고 있는가? 아무도 고백하지 못한, 아무도 용서하지 못한 밤이 지나가고 있었다.

　은성이 웃으며 보육원 아이의 머리를 쓰다듬었다. 아이는 크레파스로 스케치북에 그린 꽃을 열심히 빨갛게 색칠했다. 백하가 미술치료에 보낸 뒤부터 은성은 곧잘 웃는 것 같았다. 치료가 끝나고도 그림 수업을 잘 다니고 있었다. 강사의 말로는 재능도 있다고 했으니, 면사무소에 계속 다니기 힘들다면 그림에 집중하며 살아도 될 것이다. 은성이 자리에서 일어나자 아이들이 주변에 몰려들었다. 선생님 안녕! 아이들은 은성을 선생님이라고 불렀다. 문가에서 손을 흔드는 아이들을 뒤로 하고, 은성은 백하에게 걸어왔다.
　"갈게. 삼촌. 오늘 드로잉 수업 가요."
　"그래. 얼른 가야지."
　형 운석이 세상을 떠났을 때부터, 은성의 얼굴에는 그늘이 생겼다. 수명을 만났을 때 걷힌 듯했던 그늘은 사별로 인해 오히려 더 짙어진 것 같았다.
　"수명이 기일엔 가기로 했니?"

"응. 갈 수 있어요."

"그래. 그럼 갔다 오렴. 조심하고."

응. 은성은 아이처럼 대답하고, 미소를 지을 듯 말듯한 얼굴로 돌아섰다. 멀어져가는 뒷모습을 바라보며 백하는 생각했다. 세상의 악령을 물리치는 것보다 중요한 것이 나에게 있다. 본당을 사목하는 일. 아이들을 돌보는 일. 그리고 조카 은성을 회복시키는 일. 사명이 있다면 이런 것이 백하의 사명이어야 했다.

백하는 은성의 얼굴을 보면, 아니 생각만 해도 마음이 무거웠다. 신학생일 때부터 형 운석은 툭하면 얘기했다. 우리 은성이가 너무 순해서 탈이여. 속없이 자랄까 걱정잉께, 기도 좀 넣어주. 아 손해 보며 산다믄 나는 그것이 제일루 싫다. 백하는 그 말을 고이 접어 마음에 새기고 그럼요, 하며 형을 안심시켰다. 형 운석은 베풀기를 좋아하는 성정을 타고난 사람이었다. 조카 은성이 형이나 자신을 닮았을 리 없지만, 운석 덕분에 순하고 착했고, 자신 때문에 쓸 데없는 영감도 있는 것 같았다. 제 어미를 닮았다면 무엇을 어떻게 닮았을런지 알 수 없었다. 은성의 친

모를 본 것은 단 한 번이었다. 추운 겨울, 여자는 빈집에 아기를 두고 도망했다. 아기는 냉골에서 살려달라는 듯 빽빽 울어댔다. 갓난 것을 안아든 운석은 여자를 불렀다. 여자는 운석의 목소리에 뒤를 돌아보다 발을 헛디뎠다. 어떤 연유에선지 공포에 질린 여자의 눈동자는 줄곧 아이를 향해 있었다. 돌부리에 손이 다치는 것을 아는지 모르는지 여자는 급히 일어섰다. 살겠다고, 모르는 사람의 품에 얼굴을 묻고 우는 아기를 보고도 여자는 쫓기듯 달아났다. 가족들은 반대했다. 마을로 숨어든 타지 여자의 핏덩이를 무슨 까닭으로 키우느냐고 목소리를 높였다. 빈집에 기거하던 여자에게 운석이 먹을 것을 챙겨주면서 이미 마을에는 흉한 소문이 파다했다. 운석은 불쌍한 애를 거두는 게 무슨 잘못된 일이냐며 맞서다 백하를 바라보았다. 아기가 운석의 검지를 쥐고 옹알이를 했다. 그럽시다, 형님. 어찌할 도리가 없다고 여겼다.

쑥쑥 자라 도시로 나가 공부도 하고, 일도 하며 살겠다는 은성을 운석은 자랑스레 여겼다. 우리 막내 덕분에 아가 아주 똑똑해서 총명한 일꾼이 되것

다야. 지 좋을 대로 해야제. 은성은 도시에서 대학을 졸업하고 출판사에 취직했다. 일이 바빠 아주 가끔씩 밖에 집에 오지 못했다. 올 때마다 흙빛으로 변해가는 딸의 안색을 보고 운석은 매우 염려했다. 하지만 돌아오라는 말은 애써 참았다. 어른인디 알아서 하겠지. 백하에게 간혹 넋두리만 할 뿐이었다. 1년 후에 은성은 고향 선곡면 선학리로 돌아왔다. 공시 공부를 할 거라 했다.

"그리구 나 여서 살라고."

"그려. 그르다 나중에 전근 갈 수도 있고 그르지."

"내가 뭣하러 가?"

"세상사 네 맘대로 되는 게 아니니께 갈 수도 있제. 더 큰 사람 되고 그르믄."

그런 데 관심 없는데. 삼촌은 알지? 아버지를 놀리며 웃는 은성의 얼굴이 어쩐지 쓸쓸했다.

은성의 아버지 운석이 병마로 생을 달리한 것은 은성이 공무원 시험에 합격한 지 넉 달이 지나서였다. 은성은 운석이 죽을 때까지 매일 제 아버지의 곁을 지켰다. 어떤 날엔 새벽에 벌떡 일어나 몇 시간을 달려 성당 문을 두드렸다. 삼촌. 아부지 진짜루 죽으면 내 어쩌나. 내가 어떡하면 돼. 울면서 백하에게 매달렸다. 죽음이 가까워오자 운석은 백하에게 간곡히 부탁했다. 은성이 부탁혀. 쟤 하나만. 결혼두 시키구 외롭잖게 살게 해줘. 걔 부모는 이제 니밖에 없응께. 신부는 형의 손을 꼭 잡고 그러고마 약속했다.

운석이 세상을 떠나고 난 뒤, 은성은 간혹 텅 빈 눈으로 백하를 바라보곤 했다. 밥을 잘 먹다가도 어느 순간 다른 세계에 있는 듯한 눈을 했다. 텅 빈 마음을 어떻게 채워줄 수 있을지 백하는 난감했다. 몇 해가 지나자 은성은 남자를 데리고 왔다. 그 사람과 살겠다고 했다. 은성의 맑은 웃음을 보고도 백하는 기쁘게 허락하지 못했다. 수명이 싫었다. 수명은 깊은 우물을 가진 사람이었다. 우물을 다스리는 방식은 달랐지만, 은성도 그렇다는 생각을 수명을 보고서 했다. 수명과 은성은 거울처럼 닮아 있었다. 서로 나를 봐주오. 나를 봐주오. 하다가 나를 보지 마오. 나를 보지 마오. 하며 등을 돌리지 않을까 걱정이 되었다. 백하는 은성의 부모는 아니었기에 자신에게 반대할 권리가 있는지 밤낮으로 고민했다. 에둘러

다시 생각해보기를 권했을 때, 은성의 표정을 보고 알 수 있었다. 은성은 마음을 정한 뒤였다. 그때 배반을 당한 것 같은 은성의 황망한 얼굴에서 백하는 오랫동안 잊고 있던 얼굴을 기억해냈다. 돌부리를 짚고 피를 흘리며 일어나던 여자의 얼굴. 팔자로 휘어진 눈썹 아래 아기를 바라보던 홑꺼풀의 큰 눈. 그 여자가 달려가던 어둠속의 길. 백하는 기도했다. 그즈음에는 마음을 다스릴 줄 아는 인간이 되어 있었다.

백하는 자신 손으로 성스러운 혼인을 성사시켰다. 그로부터 3년 뒤 수명이 자주 찾아오기 시작했다. 은성과 못 살겠다는 것을 매번 달래 집으로 보냈다. 솔직한 마음처럼 수명에게 역정을 내고, 혼내고, 차라리 헤어지라고 말하지 못한 것은 은성에게 피해가 고스란히 갈까 봐 염려해서였다. 안에서 천불이 나도 그는 신의 대리자인 사제였기에, 수명을 신자로 받아들이고 보호했다. 계속해서 부부끼리 대화하며 풀어가기를 권했으나, 수명은 은성과 말이 통하지 않는다고 오만한 소리를 했다. 결국 수명은 집을 나갔고 은성은 달려와 마구 울었다. 그 사람이 안 돌아와요. 그때 이혼을 권한 것이 은성의 원망을 샀음에 틀림없었다. 배신감에 손을 떨던 은성은 처음으로 백하에게 큰소리를 냈다. 어떻게 그런 말을 하실 수 있어요! 나한테! 얼마 후 돌아온 수명은 산에서 사진을 찍다 사고를 당해 죽었다. 은성은 몸과 마음 모두 아팠다. 텅 빈 눈으로 있는 날이 늘어났다. 가끔은 그래서 이상하게 편안해 보일 때가 있었다. 왠지 두려웠다. 잘못 키웠구나. 결혼도 잘못시키고. 남자애를 데려다 가르치기라도 했으면. 어느 하나 제대로 하지 못한 것 같아 괴로웠다. 자신은 형 운석이 아니었다. 어떻게 하면 형이 하늘에서 맘 편하도록 그 아이를 은총에 가득 차게 할까. 백하는 은성을 위해 기도했다. 달리 할 수 있는 것이 없었다. 백하는 애초에 부모가 될 수 있는 조건의 인간이 아니었다.

형 운석은 죽기 전, 은성에게 친모에 대해 말하지 않은 것을 후회했다. 하늘나라라도 갔다고 말해줄 것을. 그게 뭣이라고 내가. 누구도 일러주지 않았으나 은성에게 어머니라는 단어를 입 밖으로 내는 것은 금기였다. 은성은 뜬소문으로 친모 이야기를 듣곤 했다. 간혹 궁금함이 들면, 삼촌인 백하에게만 귀 뜸을 했다. 죽었는지 살았는지 모르는 친모에 대한 그리움을 털어놓곤 했던 것이다. 백하에게라면 걱정 많은 아버지에게 말하지 못하는 고민을 이야기할 때도 있었다. 예를 들면, 무서운 일들, 혹은 무서운 꿈들에 관해서.

은성이 열두 살이었을 때, 동급생이 실종된 적이 있었다. 그 사건 때문에 한동안 선곡면 전체가 뒤숭 숭했다. 결국 아이는 찾지 못했다. 실종된 아이는 옆 마을 아이었다. 은성과 같은 시간에 하교했지만 둘 이 사이가 나빠 따로 귀가했다고 했다. 형 운석은 은성이도 큰일 날 수 있었다며 한숨을 내쉬었다. 무 서운 일이 가까이서 일어나서인지 오랜만에 삼촌을 보고도 은성은 얌전하게 굴었다. 밤에 아이들을 위 해 기도를 올리는데 은성이 방문을 두드렸다. 문가 에 서서 베개를 안고 쭈뼛거리는 은성에게 옆에 앉 으라고 손짓했다. 은성은 삼촌에게서 묵주를 받아 들더니 자꾸 악몽을 꾼다고 속삭였다. 옆 마을 아이 가 사라지기 전에, 서로 크게 싸운 것이 마음에 걸 린 모양이었다. 어떤 꿈이냐 물었더니, 어릴 적에 말하던 귀신 얘기를 했다. 꿈에 마을 너머 깊은 산속이 나오는데 거기에서 옛날에 보던 구멍 귀신을 봤다고 했다. 마치 진짜 있었던 일처럼, 고백하듯 세세히 이야기하는 은성을 백하는 꼭 안아주었다. 죄책감에 무서운 옛 이야기에 관한 꿈을 꾼 모양이었다. 심성이 고운 아이였다. 그런 무서운 일은 꿈속에만 일어나는 것이라고 말해주며 은성을 재웠다. 애가 다시 귀신을 보는 걸까. 작년만 해도 귀신은 없다고 깔깔거리던 은성이었다. 고개를 흔들었다. 은성은 두려움에 꿈을 꾼 것뿐이다. 이후 은성도 그 일을 다시 언급하지 않았다.

그런데 얼마 전, 정 신부가 방문했던 날 밤에 은성이 찾아와 다시 어릴 적 일을 꺼낸 것이다.

"나 어릴 적에 기억나요? 무서운 게 보이면 꿈이라고…."

은성은 성당 근처에 있는 성모빌라로 이사 온 후로 점차 회복되고 있었다. 심경에 변화가 있는지 얼굴에 분을 바르고 입술도 칠했다. 보육원 아이들은 은성에게 물었다. 화장했어요? 입술이 빨개요! 아니야, 빨강이 아니라 진분홍색이죠? 은성은 민망한 듯 웃어 넘길 뿐이었다. 그러나 백하의 눈에는 은성의 그늘이 보였다. 짙은 화장 뒤로 숨은 어둠이 또다시 누군가를 떠오르게 했다. 뒤를 돌아보던 은성 어미의 얼굴이 그의 머릿속에서 그림처럼 더욱 선명해졌다. 은성을 대할 때마다 불길한 기운이 한 발짝씩 다가오는 듯 했다. 마음을 다잡으려고 노력했다.

은성은 안정되고 있는 것이다. 잠시간의 불안이야 누구에게나 언제든 찾아올 수 있다. 눈앞에 주어진 일에 집중하는 것이 중요하다. 연학동 성당을 지혜롭게 사목하고, 신의 말씀을 따라 아이들을 돌보고, 조카를 돌보는 것이 바로 백하의 사명이다. 이 사명을 다할 수 있도록 도움을 요청하는 기도를 올리고 나면, 시간이 없다! 옛 스승의 외침이 들리는 듯했다. 그럴 때면 다시 기도를 시작했다. 주님. 저희를 돌보아 주시옵소서. 뒤에서 익숙한 소리가 들려왔다. 그것들의 소리, 땅속에서 솟아난 저음의 비명. 북쪽 산에서 자라난 악령은 이미 성당에 다다라 있었다. 성큼성큼 다가와 그 거대한 그늘로 으르렁거렸다. 백하는 잠에서 깼다. 식은 땀 위로 한기가 느껴졌다. 서랍 깊숙이 숨겨둔 정 신부의 기록들을 꺼내 펼쳤다. 난 사탄이다…. 벗어날 수 없는 덫을 놓은 것은 나 자신…. 기록에는 악령에 대한 이야기와 유서 같은 글이 산재해 있었다. 의미를 알 수 없는 문장도 가득했다. 정신없이 기록을 훑던 백하는 종이 사이에 끼인 흑백 사진 하나를 발견했다.

그날 밤 백하는 쉽게 잠들지 못하고 성당 주변을 서성거렸다. 걷고 또 걷다가 사제관으로 발길을 돌리려는 찰나, 발소리를 들었다. 이것은 악마가 달려오는 소리인가. 아니면 드디어 내게 두려움을 마주하라는 신의 계시인가. 발소리는 성당의 고해소에서 멈췄다. 성긴 모래를 따라 백하는 주어진 길을 걸었다. 그리고 마주했다. 자신에게 애원하는 은성을 내려다보며 거스를 수 없는 순명을 똑바로 바라보았다.

신의 가호 아래 공포로부터 등 돌리는 날이 끝난 것인가. 신도 백하에게 그것을 마주하고, 오래된 숙제를 풀으라 재촉하는 것인가. 정 신부의 기록을 하나하나 새기며 읽어내려갔다. 부제가 되었을 때 정 신부에게 받았던 십자가를 꺼냈다. 성호를 그었다. 하얗게 센 머리를 숙였다. 이 모든 건 신의 의지였나. 돌고 돌아 백하의 두 가지의 사명을 하나로 겹쳐놓는 순간을 마련한 것이.

하느님은 악령을 왜 창조하셨습니까.

하느님은 악령을 창조하지 않으셨다. 단지 자유가 있다. 스스로 악을 선택할 자유.

두렵다면 어떻게 해야 합니까.

악령이 아니라 네가 너에게 틀어박히는 것을 두려워해라. 하느님은 우리에게 신의 무기를 주셨으므로 악령 앞에서 두려워 말라.

백하는 구마에 대한 모든 것을 정 신부에게서 배웠다. 정 신부는 백하가 품은 질문들의 답 또한 알고 있었다. 성전을 지키는 문지기가 되어 백하가 그 안에서 보호받도록 도왔다.

가장 중요한 것은 믿음이며, 구마에 있어 지켜야할 첫 번째 규칙 또한 '의심하지 말 것'이었다. 이는 두려움에 휩싸이지 않는 단 하나의 방법이기도 했다.

정 신부는 언제나 악령의 소식을 기다리고 있었다. 관련된 서한이 오면 급히 훑어보았고, 언제든 떠날 수 있게 구마에 필요한 도구를 항상 지니고 다녔다. 이제껏 백하가 목격한 선학면의 사령들은 아주 강한 악령의 하수인들이었다. 아무도 그 악령의 이름을 알아내지 못했으며, 온전한 형태를 보지도 못했다. 인간의 선의를, 터전을, 인간 자체를 몽땅 잡아먹을 악마라고 정 신부는 말했다. 그는 그 악마를 퇴치하기 위해 살아온 것이나 다름 없었다.

정 신부가 남긴 기록은 이 문장들로 시작했다.

나는 사탄이다. 이름을 알 수 없는 사탄의 유혹에 빠진 악마다. 악을 선택할, 그리하여 파멸할 자유가 내게도 있다. 사탄은 스스로를 선택할 자들을 알고 있다. 벗어날 수 없는 덫을 놓은 것은 나 자신이다.

정무헌이 그 악마를 처음 봤을 때, 그는 아주 어린 나이였다. 공미리라 불렸던 고향 마을 전체가 폐허가 되고, 사람들이 죽어가는 가운데 정무헌은 하나뿐인 어린 누이를 그것에 빼앗겼다.

혈. 구녕신. 서낭. 공미산 비탈 아래 구덩이는 여러 이름으로 불렸다. 분명한 것은 1950년대 중반부터 마을 신으로 섬겨져 왔다는 것이며, 무녀 또한 있었다. 무녀는 정월마다 크게 제를 올렸다. 그러나 나중에 무녀의 아들이 죽고, 사람들이 갑자기 죽어나가자 무녀는 마을에서 쫓겨났다. 구덩이는 다른 대리자를 찾았다. 그게 바로 내 누이 정옥정이다. 우리 가족은 마을에서 도망쳤다. 나와 누이는 외삼촌 집에 맡겨졌고, 누이는 그 집에서 온데간데없이 사라졌다. 한동안 아무도 누이를 찾지 못했다. 누이를 다시 찾았을 때 누이는 애를 배고 있었다. 누구의 앤지 절대 말하지 않았고, 다시 내게서 떠났다.

정무헌은 친척 집에 얹혀살다가 성당에 다니게 되었다. 그곳에서 자신이 본 형상이, 자신의 누이를 빼앗은 것이 악마라는 것을 알게 되었다. 그는 악마에게 사로잡힌 누이를 되찾기 위해 구마 사제가 되었고, 누이를 찾아갔다. 그러나 결국 악마에게 굴복했다. 그것엔 백하의 탓이 있는가? 도망치는 자. 그게 자신이니까. 백하는 스승이 말한대로 비겁한 사제였다.

난 죽음의 문턱에 있다. 악마에게 굴복하였어도 내 죽음까지 내어줄 수는 없으므로, 대죄를 짓더라도 내 죽음은 스스로 선택하리라.

그때 도망치지 않았더라면, 정 신부의 오늘이 달라질 수 있었을까. 악마와의 전쟁에 발을 들인 후 자기 자신을 잃고 몸부림칠까 매일 두려웠다. 백하는 악령에 항복했던 자신을 떠올렸다. 악마에 사로잡힌 정 신부를 그 자리에 둔 채 숨을 헐떡이며 폐허를 빠져나오던 자신의 흉한 몰골을.

악마가 세상에 나올 준비를 하고 있다. 그것을 막을 수 있는 자는 볼 수 있는 자뿐이다.

선곡면 선학리에 세워진 작은 공소를 축복하던 그날, 정무헌은 자신을 닮은 아이를 만났다. 백하 또한 마찬가지였다. 두려워도 아이가 웃을 수 있던 건 그 때문이었다. 선학면에서 태어나 그곳의 귀신을 보며 자란 아이들은 신을 섬기는 성직자가 되었고 악마를 쫓는 사제가 되었다. 악마로부터 사람을, 마을을, 스스로를 구할 수 있는 때가 도래하길 기다렸다.

그들은 함께여야 했다. 때를 알리러 스승이 제자를 찾아올 것이 아니라, 또 떠날 것이 아니라, 함께 때를 맞이해야 했다. 그러나 정 신부는 혼자 남겨졌던 그날에 악마의 소굴로 끌려 들어갔다. 그리고 이젠 죽어가고 있었다. 남겨진 아이는 사명을 다하기 위해 십자가를 쥐었다.

백하는 십자가와 함께 구마 예식에 필요한 도구를 챙기고, 수단을 꺼내 입었다. 그리고 전화를 들었다.

"유디트. 짐을 챙겨 건너오거라."

얼마 안 있어 은성이 사제관으로 들어왔다. 초조한 기색의 은성에게 백하는 따뜻한 차를 내주었다.

"밤이 늦었으니, 기다리지 말고 자거라."

"삼촌. 혼자 가시는 거예요?"

은성은 두 손을 기도하듯 꼭 쥐고 있었다. 백하는 고개를 끄덕였다.

"괜찮아. 여기 있어라. 기다리지 말고 자고."

은성의 눈이 백하에게 애원했다. 내게 평안을 주세요, 삼촌. 백하는 정 신부의 기록에서 나온 흑백 사진을 떠올렸다. 어린 정무헌을 끌어안고 웃는 여자아이의 얼굴. 홑꺼풀의 큰 눈. 튀어나온 둥근 이마. 곧은 일자 눈썹. 어쩐지 무언가를 잃어버린 것만 같은 아이같은 표정.

"내 스승이었던 정 신부는 누이를 위해 구마 사제가 되었지."

백하는 은성의 머리를 오랜만에 쓰다듬었다. 은성이 앞으로 자신을 추스르고 잘 회복하길 바랐다. 그러기 위해서는 은성에게 뻗쳐오는 마수를 제거해야 했다. 은성은 백하를 바라보고만 있었다. 모든 문제를 언제 매듭지을 수 있을까. 가령 오늘?

"갔다 오마."

신만이 답을 알려줄 것이다.

눈앞의 어린 양을 위해, 공포가 아니라 고통을 위해 이백하라는 인간을 바치는 순간, 비로소 악마를 마주할 수 있으리라.

백하는 홀로 성모빌라 204호에 들어섰다. 고요를 가르며 은성의 방으로 향했다. 십자고상과 성모상을 협탁에 놓고, 축성된 향을 피웠다. 옛 생각이 났다.

예식을 준비할 때부터 떨리는 손을 들킬까 봐 주먹을 쥐곤 했었다. 사명을 받아들인 탓일까, 지금 백하는 떨고 있지 않았다. 집 안 곳곳에 성수를 뿌렸다. 은성의 죄의식이 엿보였던 수명의 사진들은 이제 없었다. 은성의 방을 한 바퀴 돌며 성소금을 뿌렸다. 고향으로 돌아온 뒤 구마 예식을 한 적은 없었다. 물론 지나친 적은 있었다. 거리를 헤매는 사령들과 그것들의 발목에 달린 꿈틀대는 줄, 그 아래 희미해져 가는 발을 외면했었다. 방을 둘러보았다. 침대와 옷장, 협탁을 빼고는 짐이 거의 없었다. 마치 금방 떠나려는 사람의 방 같았다.

방 창문을 닫고 잠그는데, 뒤에서 현관문이 덜컹거렸다. 백하는 뒤를 돌았다. 방문이 바람에 밀리듯 끼익 하고 움직였고, 창문에 달린 커튼이 약하게 흔들렸다. 바닥을 울렸던 미세한 발소리가 멈췄다. 십자가를 꼭 쥐었다.

'구마의 효력은 믿음에 달려 있다.'

정 신부의 목소리가 들리는 듯했다. 결코 신의 승리를 의심하지 말 것. 여태껏 상상해왔던 해방은 누구의 것도 아니라 오로지 백하의 것일지도 모른다.

백하의 눈에 영이 모습이 뚜렷이 보였다. 뱀의 머리에 발목 잡힌 그 영은 이미 얼굴의 형체를 잃어버린 끔찍한 모습이었다. 악령의 모습 그대로였다. 수명이라도 알아볼 길은 없었다. 기도를 시작하고, 성수를 뿌렸다. 웅얼거리는 기괴한 소리가 방을 울렸다. 재빨리 방 문가에 성소금을 뿌렸다. 붙잡아 물리쳐야 한다. 이 영이 섬기는 사탄의 이름을 알아내야 한다. 백하의 가슴이 뛰기 시작했다.

누이를 찾았다는 서신이 도착한 바로 다음 날, 나는 요한을 데리고 공미리로 갔다. 공미산 바로 아래, 낡은 집에 누이 옥정이 있었다. 부마된 날이 길어진 탓인지 내 나이보다도 서른 살은 더 먹어 보였다. 눈동자만이 예전처럼 새까맸다. 예상과 달리 누이는 순순히 행동했다. 사탄의 속내가 어떤 건지는 알 수 없었다. 예식은 순조롭게 진행되는 듯 했다. 성수를 뿌릴 때 눈을 감고 고개를 돌린 것을 제외하고는 검은 눈동자엔 반응이 없었다. 시편을 낭독하고, 복음을 선포하는 동안에도 마찬가지였다.

백하는 악령 앞에서 기도했다. 사령이 내는 끔찍한 소리에도 멈추지 않았다.

"모든 거짓의 창시자이며 거짓의 스승이자 인류 구원의 원수인 사탄아 물러가라. 그리스도께 자리를 내어드려라."

그가 기도하는 동안 눈앞의 사령은 손짓과 발짓으로 무언가 설명하려는 모양을 취했다. 자기 가슴을 치기도 했다. 머리로 보이는 부분을 두 손으로 부여잡기도 했다. 사령은 그 자리를 벗어날 수 없다는 것에 혼란을 느끼고 있었다. 백하는 구마 사제로서 십자가를 들어올리며 기도했다. 확신에 찬 목소리로 외쳤다. 주님은 거룩하시다. 거룩하시다. 거룩하시다!

나는 옥정의 머리에 손을 얹었다.

"보라, 주님의 십자가! 원수들이여 도망쳐라! 유다 부족의 사자이자 다윗의 뿌리이신 예수님께서 승리하셨다!"

나는 이름을 물었다.

"네 이름이 무엇이냐!"

악마는 대답하지 않았다. 내가 너무 늦은 게 아닐까.

누이는 얼마나 오래 악을 품은 채 고통의 나날을 보냈을까. 어디서 어떤 날을 보내다 다시 이곳에 돌아왔을까. 사탄에게 이미 잠식당한 걸까. 사탄이 주는 고통에 스스로를 포기했는지도. 그러나 애초에 예식 한 번으로 구마에 성공하리란 기대는 없었다. 지치면 안 된다. 진짜는 산속에 있다. 나는 예식을 마무리했다. 마지막으로 성호를 긋고 요한에게 숲에 성수를 뿌려달라고 했다. 혼자서 숲에 깊숙이 들어가지 말라고 당부도 했다. 요한이 나가자 악마는 모습을 드러냈다. 내 직감이 맞았던 것이다.

백하가 기도를 읊는 동안 사령의 형체가 서서히 변해갔다. 사지는 문드러지듯 희미해졌고, 얼굴에 입이 있는 부분에서는 검고 기다란 것이 뽑아져 나오기 시작했다. 그날의 기억이 불현듯 덮쳐 왔다. 외딴 산 아래 낡은 집. 몸과 마음을 다해 절실하게 기도하는 정 신부. 성수를 뿌릴 때 말고는 별 반응이 없던 부마자 정옥정. 엑수스플라티오. 그때 정 신부는 정옥정에게 입김을 불어 넣었다. 정옥정은 주름진 얼굴에 박힌 까만 눈동자로 그를 바라볼 뿐이었다.

정 신부는 빠르게 지쳐갔다. 예식이 끝나자 그는 백하에게 산으로 올라가는 길 입구에 성수를 뿌리라고 말했었다. 백하는 뭉그러져 가는 사령 앞에서 가쁜 숨을 내쉬었다. 침대에 몸을 기댔다. 자신도 그때의 정 신부처럼 지친 것 같았다.

악마는 오직 나를 기다린 것이었다. 혼자가 되자 보란 듯이 누이를 돌려준 것이다. 누이는 무섭다고 했다. 더는 못 하겠다고, 차라리 죽여달라고 외쳤다. 나는 그것이 어떤 것인지 알게 해달라고 했다. 그래야 내가 주님의 이름으로 구마할 수 있다고 말이다. 나는 그걸 위해 살아 왔다, 누이야. 누이는 울며 말했다. 이건 아주 커. 내 안에 있는 이건 땅속에도 있어. 살아 있어. 아주 거대해서 없앨 수 없어. 무서워. 발작하듯 누이는 소리쳤다. 더는 내가 아니고 싶지 않아. 차라리 나를 내보내줘. 그리고 내 딸도 죽여줘. 내 딸도! 내가 다시 물으려 하는 순간 누이는 모든 말과 동작을 멈추고 잠에 든 듯 눈을 감았다. 그리고 다시 말을 시작했다. 처음 듣는 악마의 목소리였다.

"아이가 자라고 있다."

누이는 천천히 몸을 일으켜 창밖을 바라보았다. 머리가 긴 아이의 인영이 후다닥 창밖을 지나갔다.

"저 앤 그 아이의 흔적이다."

안 돼! 내 딸! 누이는 울부짖었다. 일그러진 얼굴이 다시 평온해졌다.

"이곳은 너무 좁다. 기다려. 내 아이가 올 때까지. 내 아이가 원할 때까지."

그때 뒤에서 쾅 하는 소리와 함께 문이 열렸다. 요한이 숨 가쁘게 뛰어온 듯했다.

"너도 그 사탄의 수하에 있는 사령이겠지. 내가 그날 본 것은 너의 왕이자 신이었다. 정옥정은 침대에 앉아 평온한 얼굴로 자기 오라버니를 바라볼 뿐이었어. 밖에서 들었던 울부짖음은 없었다. 온순한 짐승 같은 표정으로 나 또한 쳐다보았지. 나는 성수를 쥐고 십자가를 들었다. 그리고 성호를 긋는 순간 정옥정의 입속에서 거대한 검은 뱀 같은 것이 하나 둘 셋 튀어나왔지. 기다란 몸으로 정 신부를 붙잡아 그의 하반신을 감싸더니 천장으로 끌어 올려 거꾸로 매달았어. 그리고 내 앞에서 춤추듯 기다란 몸을 꿈틀거렸다. 정 신부의 누이는 바짝 엎드려 네발로 기었다. 그리고 전속력으로 내게 다가왔어. 정 신부는 흰자를 보였어. 이미 트랜스 상태였다. 그때 나는, 도망쳤다. 뱀처럼 기어 오는 부마자 정옥정을 피해 달리다 손에서 성수를 떨구었지. 정 신부를 그 안에 둔 채 달리고 또 달려서 그 마을에서 벗어났어. 난 용서받을 수 없는 자가 된 거야. 그러니 오늘은 도망치지 않기로 했다. 너를 미끼로 네 주인에게 갈 것이야."

정 신부는 악마의 하수인이 되었어도 유혹을 이겨내기 위해 노력했다. 밤새 읽은 그의 기록으로 알 수 있었다. 악마에게서 얻은 쾌락 뒤에 남은 것은 평생의 고통이었다. 오히려 유혹에 빠져들어 죄를 지은 것은 백하 자신이었는지도 몰랐다. 백하는 악령 앞에서 신에게 고해했다.

"그때 악마가 내게 말했다. '네 스승 정무헌은 나를 물리치기 위해 너를 끌어들인 것이다. 자신의 목적을 위해 널 이용해왔을 뿐, 너의 두려움과 고통에는 아무런 관심이 없어.' 나는 여전히 두려웠기 때문에 스승을 원망했다. 결국 스승을 두고 도망쳤고. 그러나 두렵기에 나는 믿음을 버리지 않았어. 신은 내게 두려울 자유를 주신 거야. 난 두렵기에 신의 무기를 지닐 수 있었고 보호받을 수 있었다. 모든 이가 신의 보호를 원하며 동시에 자유를 원하지. 그러나 그 자유가 악을 향한 것이라면 신의 보호는 끝났다. 악이 되어 또 다른 신이 되고자 하는 인간의 파멸은 예견된 것이다."

구마 사제 이백하는 다시 일어섰다. 신을 향해 십자가를 들어 올렸다.

나는 나를 벗어나 어디든 갈 수 있으며 어디에든 있을 수 있다. 나를 속박하는 것은 아무것도 없다. 나는 대지고 하늘이고 우주이다. 육체를 이탈한 나는 아무것도 필요하지 않다. 쾌락만이 나를 지배할 뿐이다. 이것이 이름 모르는 사탄의 방식이다. 사탄은 내 영혼까지 갉아먹었다. 육신을 벗어났을 때의 세계를, 나는 점점 더 잘 이해한다. 거울을 보았다. 거울 속 나는 현실의 나와 같았지만, 어느 순간 볼 수 있었다. 나는 괴물이다. 사탄을 닮아가고 있다. 나는 신을 섬길 수 없으며, 이제 인간도 아니다. 나는 사탄이다. 나는 죽었다. 죽어야 한다.

백하는 외쳤다.

"지옥을 뒤흔드는 거룩하고 무시무시한 예수님의 이름으로 기도하니, 두려워 떨며 도망쳐라. 주님은 거룩하시다. 거룩하시다. 거룩하시다!"

그것에겐 이름이 없었다. 존재만이 전부였다. 악은 나아가려고 한다. 그곳에서 벗어나 세상 밖으로.

백하 앞의 사령은 울부짖기 시작했다. 자신의 발목을 잡은 검은 줄을 붙잡고 주저앉아 울었다. 백하는 대지의 진동을 느꼈다. 해방의 시간이 온 것이다. 한 구마 사제의 용기로 사탄이 드디어 모습을 드러내리라. 백하는 양팔을 번쩍 들어 올리고 외쳤다. 네 주인의 이름은 무엇이냐! 순간 단말마의 비명과 함께 사령이 결계를 벗어나 소용돌이에 빨려 들어가듯 창밖으로 사라졌다. 백하는 창문을 열었다. 그의 앞에 이제껏 본 적 없는 풍경이 펼쳐졌다. 발목에 뱀을 달은 수많은 사령들이 북쪽 산으로 끌려가고 있었다. 거대한 사탄이 수하들을 본체로 끌어 당기고 있는 것이다. 공중의 사령들이 울부짖었다. 소용돌이의 속에서 스스로가 소용돌이가 되어가면서. 백하는 문을 박차고 빌라 아래로 뛰어 내려갔다. 요동치는 가슴을 끌어안고 십자가를 쥔 채 그토록 원하던 해방의 시간으로, 사탄을 향해, 기도를 되뇌며 나아갔다. 주님은 거룩하시다! 거룩하시다! 거룩하시다!

★

사제관 1층에 불이 켜져 있었지만 그 안은 아무도 없이 조용했다. 문이 닫힌 손님방엔 불이 꺼져 있었다. 은성은 곤히 자고 있으리라. 백하는 차키를 챙겨나와 오랫동안 타지 않았던 차에 시동을 걸었다. 밤길이 어두웠다. 그러나 마음속 눈이라도 뜨인 것인지 앞이 훤히 보이는 듯했다. 차창 밖 사령들의 소용돌이가 점점 북쪽산으로 모여들고 있었다. 액셀을 세게 밟았다. 선학리를 통과해 빠져나올 즈음, 어둠 속에서 한 여자의 뒷모습이 나타났다. 여자는 길 한가운데를 휘청거리며 걷고 있었다. 백하는 속도를 늦췄다. 여자에게 가까워질수록 누구인지 알아볼 수 있었다.

"은성아! 너 이 시간에 어딜 가는 거니?"

은성은 백하를 놀란 눈으로 잠시 쳐다보더니 조수석 문을 열어 옆자리에 앉았다. 무언가에 홀린 듯 정신이 없어 보였다. 게다가 맨발이었다.

"일단 가까운 집에 내려줄 테니 거기 있어."

"나도 갈래요."

"어딜 가는 줄 알고. 안 돼."

"왜요? 삼촌, 어디 가는데요?"

순간 은성의 얼굴에서 기시감을 느꼈다. 정옥정의 얼굴과 표정이 떠올랐다.

"안 돼. 위험한 곳이야."

"차 안에만 있을게. 나도 가게 해줘요. 혼자는 못 있겠어서 그래요."

은성은 백하에게 떨리는 목소리로 애원했다. 무서워서 그래, 삼촌. 하늘의 소용돌이는 점점 짙어지고 있었다. 은성이를 달랠 시간이 부족했다.

"멀리 있어야 하는데 그래도 괜찮니?"

"괜찮아요. 나 멀리 있을게. 부탁이에요."

백하는 어쩔 수 없이 다시 차를 몰았다.

차가 정 신부의 고향, 공미리에 들어섰다. 백하는 산 아래까지 들어가지 않고, 오색천이 걸린 높은 나무 아래에 차를 세웠다.

"문 잠그고 기다려. 절대 따라오면 안 돼. 무슨 소리가 들리든, 무엇이 보이든. 알겠지?"

은성은 세차게 고개를 끄덕였다.

백하는 소용돌이를 향해 달렸다. 산기슭에 다다르자 정옥정이 머물렀던 집이 보였다. '천수선녀'라는 간판이 어슴푸레한 불빛 아래서 달랑거렸다. 하늘에 퍼져 있던 사령들이 점점 숲속으로 빨려 들어가고 있었다. 집 문을 두드렸으나 답은 없었다. 백하는 십자가를 쥐고 산 입구로 들어갔다. 산비탈에 본체가 있다고 정 신부가 말했었다. 밤인데도 산속은 밝았다. 사령들을 삼키고 있는 구덩이에서 뿜어져 나오는 환한 빛 때문이었다. 구덩이를 향해 자란 나무와 수풀들이 그 빛을 밖으로 나가지 못하게 감싸 안고 있어 그 안이 점점 더 밝아지는 것 같았다. 백하는 성수를 꺼내려고 했다. 하지만 손에 잡히는 게 없었다. 급히 오다 떨군 모양이었다. 기도가 우선이다. 신의 말씀이 바로 믿음이다. 마음을 다잡는데, 뒤에서 누군가 백하를 불렀다. 작지만 선명한 목소리로. 삼촌.

173

은성이었다. 한 손에는 성수를, 한 손에는 성모상을 들고 있었다.

"오지 마! 얼른 차로 가! 어서!"

격앙된 얼굴로 소리치는 백하를 놀란 듯 빤히 바라보던 은성은 성수를 풀 사이 흙바닥에 천천히 내려놓았다. 그리고 뛰어 차로 돌아가려나 했으나, 정옥정의 집 앞에서 멈춰섰다.

"은성아! 어서 가!"

은성은 자신을 부르는 소리에 고개를 돌려 백하를 잠시 바라보다 이내 정옥정의 집 문고리를 잡더니 그 안으로 들어갔다.

집에 정옥정이 있을 수도 있었다. 정옥정의 안에는 악마가 있다. 사령들의 소용돌이는 점점 거세졌다. 하나로 뭉쳐진 비명이 메아리처럼 울려 퍼졌다. 그러나 고민할 시간이 없었다. 백하는 정옥정의 집으로 뛰어갔다. 가까워질수록 여자의 울음소리가 커졌다.

문을 열었다. 정옥정이 바닥에 쓰러져 울고 있었다. 내 오라버니가 죽었구려. 죽었어. 내 불쌍한 오라버니가. 은성은 슬피 우는 정옥정에게 다가가고 있었다. 백하는 소리쳤다.

"이리 오지 못해!"

순간 놀랐는지 은성이 두 손에 쥐고 있던 성모상을 떨어뜨렸다. 성모상은 두 조각으로 갈라졌다. 정옥정은 울음을 멈추고 자신 앞에 선 은성을 크게 뜬 눈으로 쳐다보았다. 입이 벌어졌다. 그 안에서 검고 기다란 것이 주욱 빠져나오더니 소용돌이 모양을 그리며 동그란 형체로 변했다. 악마를 뱉어낸 정옥정은 혼절한 듯 바닥에 쓰러졌다. 백하가 다가가 정옥정의 몸을 흔들었다. 맥을 짚었다. 숨이 이미 끊어져 있었다. 그리고 백 살도 넘어 보이던 정옥정이 중년의 얼굴로 돌아왔다. 여자는 드디어 쉴 수 있다. 백하는 정옥정의 두 눈을 감겨주었다. 그리고 고개를 들었다. 검은 형체도 은성도 없었다. 안 돼. 그것만은. 백하는 벌떡 일어나 달렸다.

은성은 어느새 소용돌이를 삼키는 구덩이에 다다라 있었다. 그 옆에 검고 동그란 형체가 꼭 붙어 있었다. 구멍 귀신. 은성의 말이 생각났다.

"은성아! 이리 내려와!"

"삼촌! 꿈이 아니었어요. 꿈이 아니에요!"

175

은성의 목소리가 숲속 전체를 울렸다. 백하는 은성을 향해 가다 소용돌이의 바람에 휩쓸렸다. 뛰고 있었으나 제자리에서 벗어나지 못했다.

"이쪽으로 내려와! 은성아!"

백하는 기도를 되뇌며 손 닿는 곳에 성수를 뿌렸다. 그러나 소용돌이는 비명을 지르며 구덩이로 빨려 들어갈 뿐이었다. 은성에게 붙어 있던 검고 동그란 형체가 백하의 눈앞에서 순식간에 은성에게 스며들었다. 순간 은성의 눈이 온통 검은색으로 변했다. 이백하는 은성을 향해 올라가기 위해 안간힘을 썼다. 은성은 소용돌이 속에서도 꿈쩍 않고 서 있었다. 그리고 말했다.

"날 기다리고 있어요."

백하는 사지로 기다시피 하며 외쳤다.

"사탄이여. 네 이름이 무엇이냐!"

그 물음에 답한 것은 은성이었다.

"아직 이름이 없어요. 찾고 있어요. 서낭이기도 했고, 신이기도 했고, 악마이기도 했는데, 그중 내 이름은 없어요. 난 태어난 지 얼마 안 됐어. 인간들보다 훨씬 얼마 안 됐어."

메아리 같은 비명을 마지막으로 소용돌이가 구덩이 속으로 완전히 빨려 들어갔다. 구덩이가 모든 것을 삼킨 것이다. 바람이 잦아들었다. 고요 속에서 이름을 모른다는 그것이 말했다.

"나도 태어난 곳, 이 땅에서 살고 싶어. 날 낳은 대지를 보고 싶어. 당신들은 내 존재를 허락했고, 난 베풀었어. 그래서 나는 자랄 수 있었어. 당신의 신도 나를 허락한 거야. 당신의 믿음보다 내 존재가 먼저니까."

은성은 백하에게 한 발 한 발 걸어갔다. 주변의 식물들이 그녀의 발걸음을 따라 움직였다.

"아이를 만났어. 두려워하지 않는 아이. 삼촌. 나예요."

백하는 자신을 내려다보는 은성을 향해 십자가를 들어 올렸다. 구덩이에서 검은 어둠이 솟아났다. 끝도 없이 솟아나 뱅글뱅글 돌며 숲 전체를 감싸 안았다. 숲은 우주에, 땅속에 잠겨 있는 듯했다. 백하는 끊임없이 기도했다. 그 앞에서 은성은 양팔을 들어 올렸다. 온 어둠이, 이름을 아직 찾지 못한 생명이 은성에게로 스며들었다. 십자가는 떨어졌다.

백하는 자신의 발목을 바라보았다. 은성의 몸에서 나온 그것이 백하의 발목을 잡고 있었다. 뱀을 닮았지만 뱀이 아니었다. 네가 진정 새로운 생명이라고?

은성은 이백하 신부에게 자비를 베풀었다. 신부가 두려워하고 있으므로. 발목을 잡은 손을 거둬들였다.

비로소 충만해진 은성은 자신이 그토록 원하던 세상으로 한 걸음 한 걸음 나아갔다. 외딴 산에서 벗어나 밝은 곳을 향해 걸었다. 백하는 무릎을 꿇은 채 고개 숙여 기도했다. 주님. 곁에 계신다면, 간곡히 청하오니 우리를 위해. 부디. 은성의 뒤에서 들려오던 중얼거림은 곧 멈추었다. 기도는 입에서만 맴돌았다. 은성이자 새로운 생명은 곧 있으면 해가 떠오를 동쪽으로, 자신의 존재를 축복하며 떠오를 빛을 향해 떠나갔다.

〈끝〉

작가의 말

　처음엔 따뜻한 이야기였던 것으로 기억한다. 떠난 이가 남겨진 이를 위해 선물처럼 방문한다는 그런 이야기였다. 여러 단계를 거치고 나서는, 이런 소설이 되었다.

　나는 내게 떠오르는 하나의 장면으로부터 이야기를 시작하는데, 그 장면은 내게 미스터리와 같아서 그 정체를 밝히는 과정이 소설이 된다. 이 소설도 한밤중의 방 이미지에서 시작된 것이다. 캄캄한 밤, 검은 형체가 창문으로 날아 들어와 잠든 사람 뒤에서 있는 장면이다. 위로에 관한 이야기인가 했지만, 만들다 보니 오해에 관한 이야기로 점프해버렸다. 인간 사이의 크고 작은 어긋남이 어디에서 오는지 쓰는 내내 고민했다. 퇴고하면서는 우리가 스스로를 넘어서려고 할 때 균열이 생기는 걸까 생각했다. 하지만 이 글은 이제 내 것이 아니므로, 읽어주시는 고마운 분들에게 각자의 답이 있기를 바란다.

소설에 나오는 구마 예식과 기도는 감사하게도 책 《구마 사제》(체사레 트루퀴 외 지음, 황정은 옮김, 가톨릭출판사, 2020)를 참고해 썼다. 이 책은 몇 년 전, 절두산 순교성지에 있는 교육관에서 구입한 것이다. 예전엔 작업실이 그 근처에 있어서 성지와 그 아래 한강변을 산책하곤 했다. 어느 날 문득 성지 교육관에 들어갔고, 책에 손이 갔다. 이 책을 볼 때마다 검은 강물과 절두산 절벽이 떠오른다. 그 사이에 끼인 채 앞인지 뒤인지 모르는 방향으로 걸어가는 사람을 상상한다. 사람은 스스로가 무엇인지 모르면서 혹은 모르기 때문에 어딘가로 나아가고 있다. 사람도 삶도 미스터리다. 그래서 글을 쓰고 싶었다.

답 없는 질문에 이렇게 저렇게 얘기하는 게 즐겁고 괴롭다. 이 소설을 읽는 분들도 자신이라는 미스터리를 함께 즐길 수 있다면 참으로 좋겠다(괴롭지는 않았으면 합니다).

간혹 걷다가 멈춰 서서, 아니면 자다가 깨서 생각하곤 했다. 내가 정말 소설책을 낼 수 있을까.

책을 출간해주신 아작 출판사에 감사드린다. 아작의 도트 시리즈에 참여할 수 있어서 정말 기뻤다.

또 언제나 응원을 아끼지 않는, 삶을 함께 고민하는 나의 친구들에게 고마움을 전한다. 곁에서 내가 어디로든 나아갈 수 있도록 지지해주는 가족에게도 항상 감사한 마음이다.

마지막으로 이 글을 읽는 당신께, 존재만으로 기뻐할 수 있는 나날들이 함께하기를 진심으로 바랍니다.

신하루

dot. 13
아무도 나를 위해
태어나지 않는다

초판 1쇄 발행 2024년 8월 10일

지은이 신하루
펴낸이 박은주
디자인 김선예, 이수정
마케팅 박동준

발행처 (주)아작
등록 2015년 9월 9일 (제2023-000057호)
주소 07236 서울특별시 영등포구 의사당대로 38 102동 1309호
전화 02.324.3945-6   **팩스** 02.324.3947
이메일 arzaklivres@gmail.com
홈페이지 www.arzak.co.kr

ISBN 979-11-6668-813-3 04810
979-11-6668-800-3 04810 (세트)